Meine digitale Werkstatt

W0247900

Informatik 3/4

Autorinnen und Autoren:
Heinz Hofer
Prof. Dr. Juraj Hromkovič (Leitung)
Regula Lacher
Pascal Lütscher
Urs Wildeisen

Ernst Klett Verlag
Stuttgart • Leipzig • Dortmund

Inhaltsverzeichnis

Die Welt mit Symbolen oder Bildern beschreiben

Datum: ______________________

In diesem Kapitel lernst du, wie du **Informationen** mithilfe von **Symbolen** und einfachen Zeichnungen beschreiben oder **darstellen** kannst. Solche Darstellungen von Informationen nennt man in der Informatik **Daten**.

Du erfährst, welche Ziele Informatikerinnen und Informatiker mit ihren Darstellungen verfolgen. Manchmal soll die Beschreibung gut verständlich sein, manchmal soll sie das Wesentliche anschaulich zusammenfassen.

Bestimmte Daten möchte man geheim halten, damit nur ein kleiner Kreis von Eingeweihten sie lesen kann. Du lernst, wie man Geheimschriften entwirft und wie man sie lesbar macht.

Weiter lernst du, wie man mit wenigen Daten oder Messungen Informationen herausfinden kann, die noch fehlen.

Datum: ______________________

Informationen mit Symbolen darstellen

R1

Buchstaben in Wörtern austauschen → KV 1–3

Wann sagen wir, dass zwei unterschiedliche Wörter sich ähnlich sind? Hier siehst du ein Beispiel dazu: Wenn du einen Buchstaben austauschst, erhältst du ein anderes Wort. Die beiden Wörter sind sich ähnlich.

R A U M	R A U M	R A U M	R A U M	R A U M
↓	↓	↓	↓	↓
K A U M	B A U M	R A H M	R A U B	R A U S

Finde möglichst viele ähnliche Wörter zu den Wörtern **MEIN** und **REISEN**.
Arbeite dazu mit den ***KV 1–3***. Setze zuerst die Wörter **MEIN** und **REISEN** aus den Buchstabenkarten zusammen.
Ersetze dann jeweils eine Buchstabenkarte durch eine andere.
Trage deine Lösungen hier ein.

M E I N	M E I N	M E I N	M E I N	M E I N
____________	____________	____________	____________	____________

R E I S E N	R E I S E N	R E I S E N	R E I S E N	R E I S E N
____________	____________	____________	____________	____________

A1

Neue Wörter durch Buchstabenaustausch bilden → KV 1–3

Arbeitet nun in der Gruppe. Baut mit den Buchstabenkarten sinnvolle Wörter.
Versucht gemeinsam, daraus ein neues sinnvolles Wort zu bilden, indem ihr einen Buchstaben austauscht.
Übt zuerst mit diesen Wörtern:

B A U C H   D A C H   B E I N   D E H N E N   L A U F

Datum: ______________

R2 Buchstaben weglassen → KV 1–3

Zwei Wörter sind sich auch ähnlich, wenn du bei einem Wort einen Buchstaben weglassen kannst und du dadurch ein anderes Wort erhältst.
Zum Beispiel:

R E I S   K O M M T   W A R U M   W A R T E

R E I ⁄   K O M M ⁄   W A R ⁄ M   W A R ⁄ E

Stelle diese Wörter mit den Buchstabenkarten dar. Welchen Buchstaben kannst du entfernen, um ein anderes sinnvolles Wort zu erhalten?
Gibt es Wörter, bei denen du mehrere Möglichkeiten hast, einen oder sogar zwei Buchstaben wegzulassen?

B A U C H   B E I N   G E L D   F L U S S   A N D R E A S   K E I N E   B R A U C H

____	____	____	____	____	____	____
____	____	____	____	____	____	____
____	____	____	____	____	____	____

A2 Neue Wörter durch Weglassen von Buchstaben bilden → KV 1–3

Findet gemeinsam weitere sinnvolle Wörter, indem man einen Buchstaben weglassen kann und dabei ein sinnvolles Wort entsteht.
Findet ihr auch Wörter, bei denen es mit mehr als einem Buchstaben funktioniert?
Hier ist ein Beispiel:

L A U F   L A U F   B A U C H

⁄ A U F   L A U ⁄   B A ⁄ C H

R3 Buchstaben hinzufügen → KV 1–3

Du kannst auch umgekehrt vorgehen, um aus einem Wort ein neues Wort zu bilden.
Du fügst einfach einen Buchstaben hinzu. Zum Beispiel:

⁄ A U C H   ⁄ A R M   B ⁄ A U C H   A M ⁄

↓ ↓ ↓ ↓

R A U C H   D A R M   B R A U C H   A M T

B A U C H   W A R M

Stelle diese Wörter mit den Buchstabenkarten dar. Füge einen Buchstaben hinzu, um ein neues Wort zu erhalten. Findest du bei einigen Wörtern sogar mehrere Möglichkeiten?

UM	EINE	RUM	AUF	AUS	MEISE	OMA

A3 Neue Wörter durch Hinzufügung von Buchstaben bilden → KV 1–3

Bildet aus Wörtern neue Wörter, indem ihr einen Buchstaben hinzufügt. Gibt es Wörter, bei denen ihr mehrere unterschiedliche Buchstaben auf verschiedenen Plätzen einfügen könnt? Findet ihr ein Wort, bei dem es mindestens sieben unterschiedliche Möglichkeiten gibt, einen Buchstaben einzufügen?

Datum: ______________________

R4 Beschädigte Nachrichten → KV 4

Die Biber haben immer einen Wetterbeobachter auf dem nächsten Berg.
Der Wetterbeobachter sendet seine Nachrichten mit Rauchzeichen ins Tal. Man sagt, er **kodiert** die Nachrichten. Dazu verwendet er nur zwei unterschiedliche **Signale** („große Wolke“ und „kleine Wolke“).
Der Biber schickt seine Wetternachrichten immer in einer Folge von drei Signalen.

1		Es kommt ein Gewitter.
2		Es wird bedeckt und regnerisch.
3		Es wird trocken mit wenigen Wolken.
4		Es wird wolkenlos und sonnig.

Die Biber im Tal können die Signale vom Berg nicht genau sehen, weil es neblig ist. An den Stellen, wo sie unsicher sind, schreiben sie ein „**?**“.
Hilf den Bibern, die Nachrichten trotzdem zu verstehen. Gibt es manchmal mehrere Möglichkeiten? Arbeite dazu mit der ***KV 4***. Trage die Lösungen ein und kreuze an, wofür es mehrere Möglichkeiten gibt.

☐	**A**			**?**	
☐	**B**	**?**			
☐	**C**		**?**		
☐	**D**		**?**		

Datum: ______________________

R5 Ähnliche Signalfolgen vermeiden → KV 4

Biberin Cleveria überlegt sich eine neue Kodierung für die Wetternachrichten.
Die Kodierung soll so sein, dass zwei Signalfolgen nie ähnlich sind.
Das heißt, jede Signalfolge muss sich klar von den anderen unterscheiden.

1		Es kommt ein Gewitter.
2		Es wird bedeckt und regnerisch.
3		Es wird trocken mit wenigen Wolken.

Wenn du die Signalfolgen vergleichst, unterscheiden sie sich mindestens an zwei Stellen. In den zwei Tabellen unten sind die unterschiedlichen Stellen mit einem **x** markiert.

1		
2		
	x x	**2 Unterschiede**

1		
3		
	x x x	**3 Unterschiede**

2		
3		
	x x x	**3 Unterschiede**

Datum: ____________________

○ **A** Du erhältst diese teilweise unleserliche Nachricht von Cleveria:

?   

Verstehst du trotzdem, welche Wetternachricht Cleveria gesendet hat?
Schreibe sie auf.

____

● **B** Hilf Cleveria, eine gute Signalfolge von vier Signalen für die Nachricht „Es wird wolkenlos und sonnig." zu entwerfen.
Die Signalfolge soll sich von jeder der drei Signalfolgen 1, 2 und 3 an mindestens zwei Stellen unterscheiden. Trage deine Lösung hier ein.

4					Es wird wolkenlos und sonnig.

1					Es kommt ein Gewitter.
4					Es wird wolkenlos und sonnig.
					Unterschiede

2					Es wird bedeckt und regnerisch.
4					Es wird wolkenlos und sonnig.
					Unterschiede

3					Es wird trocken mit wenigen Wolken.
4					Es wird wolkenlos und sonnig.
					Unterschiede

Datum: ______________________

R6 Zahlen wie die Maya darstellen

Der Maya-Stamm der Biber verwendet Nüsse und Hölzchen, um Zahlen darzustellen. In jeder Darstellung dürfen höchstens vier Nüsse vorkommen. Immer wenn fünf Nüsse zusammenkommen, müssen sie gegen ein Hölzchen ausgetauscht werden:

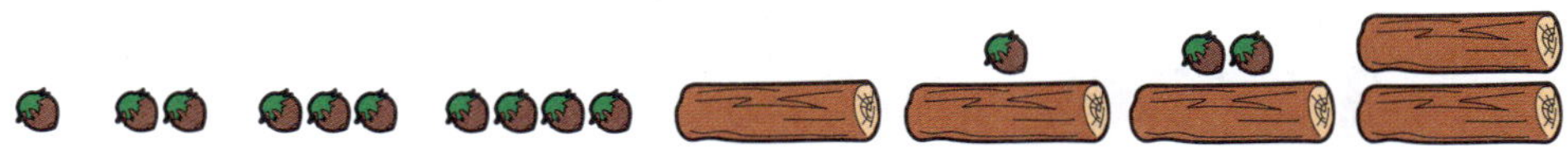

1 2 3 4 5 6 7 10

Jede Nuss steht für 1, jedes Hölzchen steht für 5.
Zum Beispiel stellen 3 Hölzchen mit 2 Nüssen die Zahl $3 \cdot 5 + 2 \cdot 1 = 17$ dar.

A Welches Bild stellt die Zahl 14 dar? Kreuze an.

B Welche Additionen sind korrekt dargestellt?
Das Ergebnis muss stimmen und alle drei Zahlen (zwei Summanden und das Ergebnis) müssen richtig dargestellt sein.
Streiche die falschen Darstellungen durch.

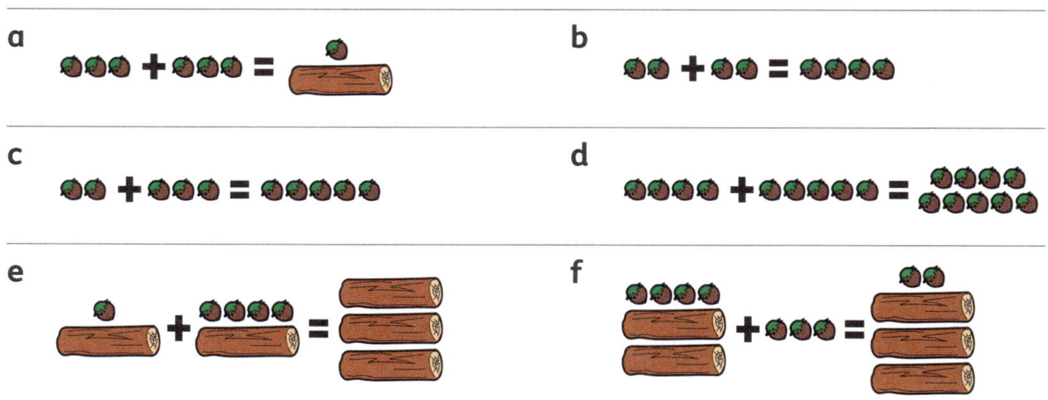

Korrigiere die falschen Darstellungen. Zeichne.

R7 Zahlen mit Geldscheinen und Münzen darstellen → KV 5

Du kannst eine Zahl mit Geldscheinen oder Münzen der Größe 1, 10, 100, 1000, … darstellen. Zum Beispiel besteht die Zahl **2415** aus zwei Tausendern, vier Hundertern, einem Zehner und fünf Einern. Alle diese Geldscheine und Münzen zusammen stellen die Zahl 2415 dar.

In Unterbiberland bezahlt man mit Münzen der Größe 1, 5, 10, 50 und 100.

○ **A** Bezahle die Summe 128 mit Münzen aus Unterbiberland.
Verwende die Münzen aus ***KV 5.*** Findest du zwei verschiedene Möglichkeiten?

◒ **B** Die Einwohnerinnen und Einwohner von Unterbiberland möchten jede Summe mit möglichst wenig Münzen bezahlen.
Wie viele Münzen reichen aus, um die Summe von 128 zu bezahlen? Zeichne.

C Jan bezahlt den Betrag 161 mit diesen Münzen:

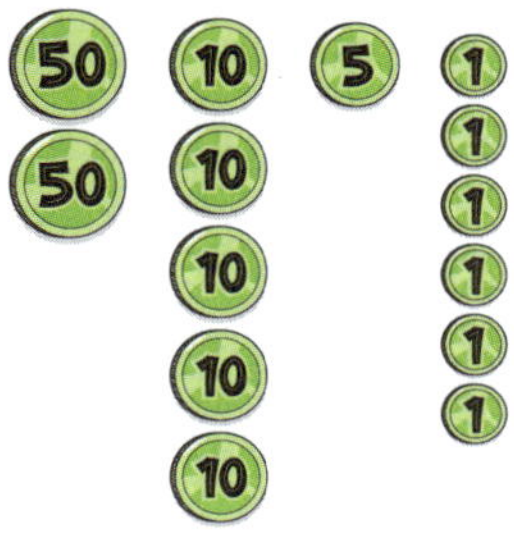

Das passt, weil
50 + 50 + 10 + 10 + 10 + 10 + 10 + 5 + 1 + 1 + 1 + 1 + 1 + 1 = 161.

Cleveria sagt zu Jan:
„Du kannst die Summe von 161 mit weniger Münzen bezahlen. Das geht so:
Tausche mehrere kleine Münzen gegen eine größere Münze aus.
Der Tausch muss gleichwertig sein. Der Wert der großen Münzen muss gleich der Summe der Werte der kleinen Münzen sein.
Du kannst zum Beispiel fünf 1er-Münzen gegen eine 5er-Münze tauschen und erhältst diese Zusammenstellung:“

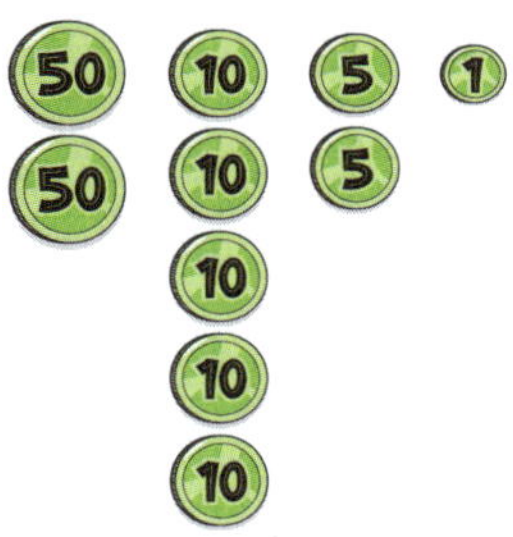

Kannst du Jan helfen, weitere Münzen auszutauschen, bis er mit der kleinsten Anzahl Münzen bezahlt? Zeichne oben neben Jans Zusammenstellung.

D Nun muss Jan die Summe von 177 bezahlen. Er hat 17 Zehner und 7 Einer bereitgelegt. Kannst du Jan helfen, diese Summe mit der kleinsten Anzahl von Münzen zu bezahlen? Nutze die Münzen von ***KV 5***. Zeichne dein Ergebnis hier auf.

Datum: ____________

R8 ## Bezahlen mit binären Münzen → KV 6

In Oberbiberland bezahlt man mit Bibercoins. Die Münzen haben diese Größen:

Alle Einwohnerinnen und Einwohner von Oberbiberland halten sich an die binäre Regel. Sie verlangt, dass man zum Bezahlen von jeder Münzengröße jeweils höchstens eine verwenden darf. So brauchen die Biber nicht zu viele Münzen bei sich zu tragen.

A Farid sollte 114 Bibercoins bezahlen.
Welche der Möglichkeiten erfüllt die binäre Regel und ist richtig?
Kreuze an.

☐ a) 64 + 32 + 16 + 4

☐ b) 64 + 16 + 16 + 16 + 2

☐ c) 32 + 32 + 32 + 16 + 8

☐ d) 64 + 32 + 16 + 2

B Marat will seinem Freund 100 Bibercoins bringen.
Welche Münzen muss er mitnehmen?

____

C Samira soll 70 Bibercoins bezahlen.
Welche Münzen legt sie bereit?

____

D Amir möchte zeigen, welche Münzen er für die Darstellung der Zahl 90 braucht und welche er nicht braucht.
Eine 1 unter der Münze bedeutet, dass er die Münze verwendet.
Eine 0 bedeutet, dass er die Münze nicht verwendet.

90 = 64 + 16 + 8 + 2:

Ja	**Nein**	**Ja**	**Ja**	**Nein**	**Ja**	**Nein**
1	**0**	**1**	**1**	**0**	**1**	**0**

Das schreibt Amir dann als **1011010** und nennt es die **binäre Darstellung** der Zahl 90.

Welche Zahl entspricht der Binärdarstellung 0111111? ______________

Wie sieht die Binärdarstellung der Zahl 85 aus? ______________

A4 Beliebige Summen mit Bibercoins bezahlen → KV 6

Nehmt von jedem Bibercoin je eine Münze.
Das sind alle Münzen, die in Rätsel 8 dargestellt sind.
Wählt Zahlen zwischen 1 und 127.

Schafft ihr es, jede dieser Zahlen mit den Bibercoins genau darzustellen?

Datum: ______________________

Informationen mit Graphen darstellen

R9

Regeln überschaubar darstellen

Serena geht joggen. Dafür muss sie eine Laufhose, ein T-Shirt, Laufsocken und Laufschuhe anziehen. Die Reihenfolge ist teilweise gegeben.
Zum Beispiel muss Serena zuerst die linke Socke anziehen, bevor sie den linken Laufschuh anziehen kann.

Diese Regel kann man zeichnerisch so darstellen:

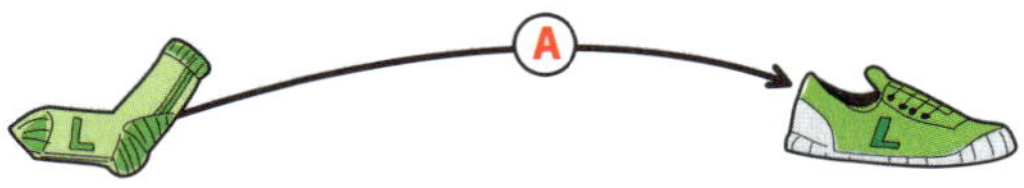

Der **Pfeil** von der linken Socke zum linken Schuh sagt dir, dass du zuerst die linke Socke anziehen musst, bevor du den linken Schuh anziehen kannst.

Der Buchstabe **A** ist der Name der Regel, die du einhalten musst.

In der Zeichnung unten sind alle Kleidungsstücke gezeichnet und alle Anzieh-Regeln mit Pfeilen dargestellt.
Die Buchstaben A, B, C, D in den Pfeilen sind die Namen dieser Regeln.

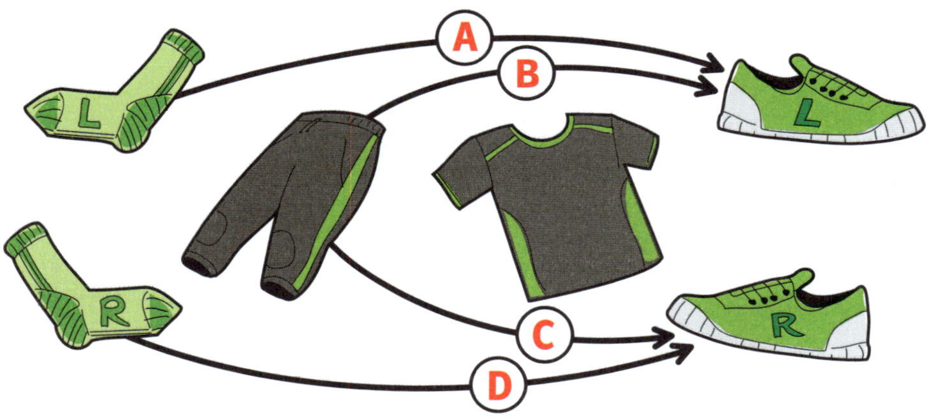

A Welche der fünf Regeln sind in der zeichnerischen Darstellung enthalten? Kreuze an. Falls die Regel in der Zeichnung ist, ordne ihr den entsprechenden Buchstaben zu. Trage A, B, C oder D ein.

- ☐ 1 Vor dem linken Schuh muss die Hose angezogen werden. ______
- ☐ 2 Vor dem rechten Schuh muss die Hose angezogen werden. ______
- ☐ 3 Vor der Hose muss das T-Shirt angezogen werden. ______
- ☐ 4 Vor dem rechten Schuh muss die rechte Socke angezogen werden. ______
- ☐ 5 Die linke Socke muss vor der Hose angezogen werden. ______

Datum: ______________________

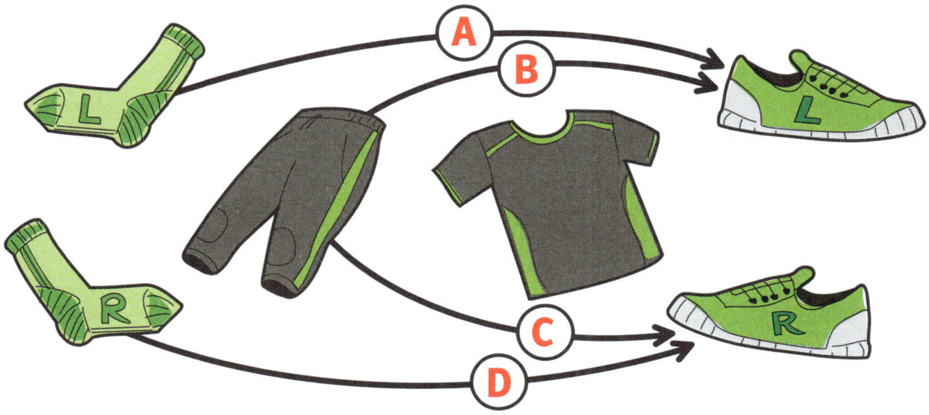

B Welche der Reihenfolgen ist beim Anziehen möglich?
Beachte die Pfeile. Kreuze an.
Falls eine Reihenfolge nicht funktioniert, gib an, welche der Regeln A, B, C und D nicht eingehalten sind.

- ☐ 1 T-Shirt, Hose, linke Socke, rechte Socke, rechter Schuh, linker Schuh ____________
- ☐ 2 Rechte Socke, Hose, linker Schuh, T-Shirt, linke Socke, rechter Schuh ____________
- ☐ 3 Hose, linke Socke, linker Schuh, T-Shirt, rechte Socke, rechter Schuh ____________
- ☐ 4 T-Shirt, linke Socke, rechte Socke, linker Schuh, rechter Schuh, Hose ____________

A5 Den Tisch decken

Die Familie isst heute im Garten. Sergio hat die Aufgabe, den Tisch zu decken und die Familie an den Tisch zu rufen. Es gibt viel zu erledigen:

- Zuerst muss er die Tischdecke ausbreiten.
- Dann legt er die Teller und das Besteck auf den Tisch.
- Nachher muss er die Gläser und Getränke auf den Tisch stellen.
- Am Schluss ruft er die Familie zum Essen.
- Auf dem Tisch sind aber noch Spielsachen, die er vorher wegräumen muss.
- Damit die Getränke die richtige Temperatur haben, darf er sie erst auf den Tisch stellen, kurz bevor alle zum Essen kommen.

Mache für das Tischdecken eine grafische Darstellung wie in Rätsel 9. Kontrolliert gegenseitig, ob alle Regeln in eurer Zeichnung enthalten sind.

Datum: ____________________

R10 Straßennetz zeichnerisch darstellen

○

Ein Straßennetz kann man so zeichnen: Man zeichnet zuerst die Ortschaften. Wenn eine Straße direkt zwischen Fichtendorf und Birkenwald verläuft, verbindet man Fichtendorf mit Birkenwald durch eine direkte Linie. Auf die Linie wird die Länge der Straße notiert.

Betrachtet dieses Straßennetz:

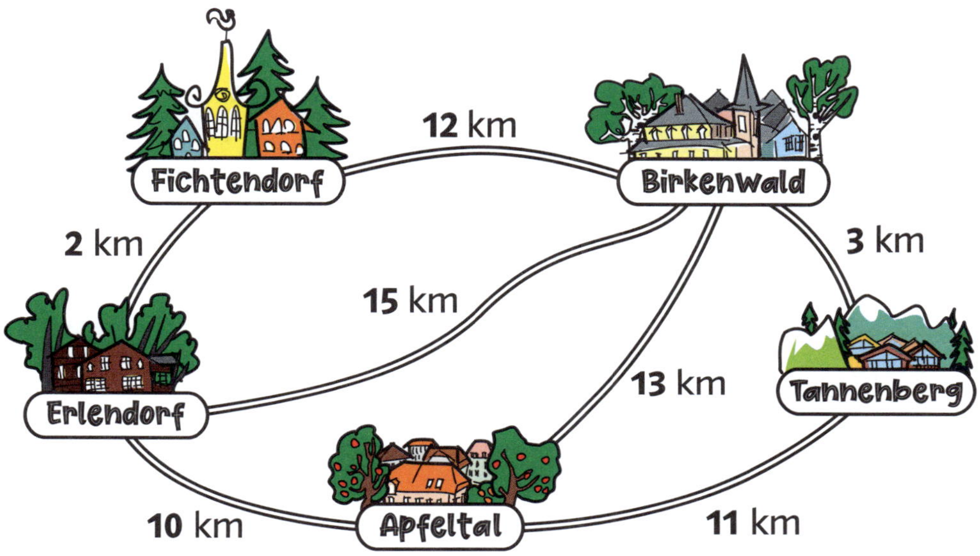

Welche Aussagen sind richtig? Kreuze an.

- ☐ A) Man kann direkt von Fichtendorf nach Apfeltal gelangen, ohne über eine andere Ortschaft zu fahren.
- ☐ B) Man kann direkt von Erlendorf nach Birkenwald gelangen.
- ☐ C) Man kann von Fichtendorf über Erlendorf und Apfeltal nach Tannenberg fahren, aber das ist nicht der kürzeste Weg.
- ☐ D) Der kürzeste Weg von Tannenberg nach Fichtendorf ist 15 km lang.
- ☐ E) Die direkte Straße zwischen Erlendorf und Birkenwald ist die kürzeste Verbindung zwischen Erlendorf und Birkenwald.

R11 Inseln mit Brücken verbinden → KV 7–8

Die Flusslandschaft besteht aus den fünf Inseln
A (Abendland), B (Biberburg), C (Catapulco), W (Wiesland) und E (Eichland) und den beiden Ufern G (Grashügel) und P (Porto).

Es wurden sieben Brücken gebaut, damit die Touristinnen und Touristen zu Fuß alle Orte erreichen können. Die Brücken sind nummeriert.

○ **A** In der Abbildung oben ist die Landschaft übersichtlich gezeichnet.
Man kann die Wege auch einfacher beschreiben.
Zum Beispiel kann der **Weg** von G nach C über die Inseln B und E so beschrieben werden:

Es gibt noch kürzere Darstellungen: G, B, E, C oder 2, 4, 6.

Findest du einen anderen Weg von G nach C?
Suche nur Wege, die nicht zweimal über den gleichen Ort führen.
Es darf also kein Buchstabe in der Beschreibung zweimal vorkommen.

☐ nein ☐ ja ____________________

Beschreibe alle möglichen Wege von A nach P.

____

____

Zeichne die Wege im Bild oben ein.

Datum: ______________

B Eine Brücke bezeichnet man als kritisch, wenn es nach ihrer Sperrung nicht mehr möglich ist, von jedem Ort zu jedem anderen Ort zu gehen.

Auf der Abbildung ist die Brücke 3 kritisch:
Wenn sie ausfällt, ist die Insel W nicht mehr zu Fuß erreichbar.
Gibt es noch andere kritische Brücken? ☐ nein ☐ ja ______________

Füge zwei neue Brücken so ein, dass keine Brücke mehr kritisch ist.
Mit anderen Worten: Egal welche Brücke ausfällt, es wird immer noch möglich sein, von einem Ort zu allen anderen Orten zu gelangen.
Arbeite zuerst mit den ***KV 7–8***. Schneide die Brücken aus und lege sie auf die Landschaft.
Trage dein Ergebnis oben im Bild ein.

C Zwischen welchen zwei Inseln reicht es, eine Luftseilbahn zu bauen oder eine Schiffsverbindung herzustellen, damit keine Brücke mehr kritisch ist?

____

R12 Eine Flusslandschaft mit Graphen darstellen → KV 9

Die Flusslandschaft von Rätsel 11 kann man einfacher zeichnen.
Die sieben Orte, das sind beide Ufer P und G und die fünf Inseln A, B, C, E und W, werden zu Knoten des Graphen. Die Brücken werden als Linien dargestellt, die die Orte oder Knoten verbinden.

Der Graph zur Landschaft in Rätsel 11 sieht so aus:

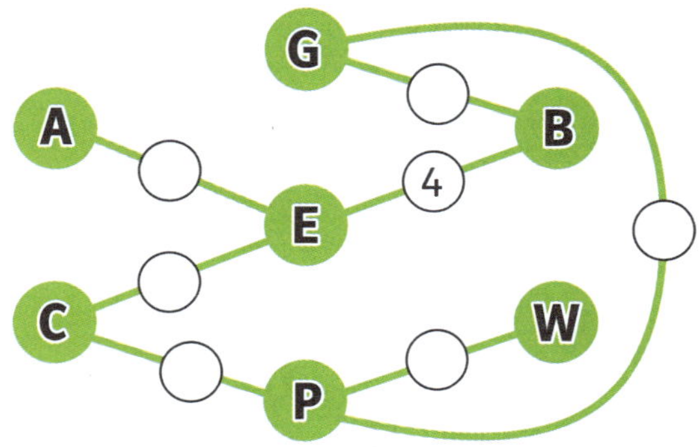

Beachte:
Von jedem Knoten gehen so viele Linien aus, wie es Brücken zu diesem Ort gibt.

A Ergänze die Nummern der Brücken auf den Linien des Graphen oben.
Zum Beispiel liegt die Brücke Nummer 4 auf der Linie zwischen den Inseln E und B.

B Zeichne einen Graphen, der diese Landschaft darstellt.
Nummeriere die Brücken.

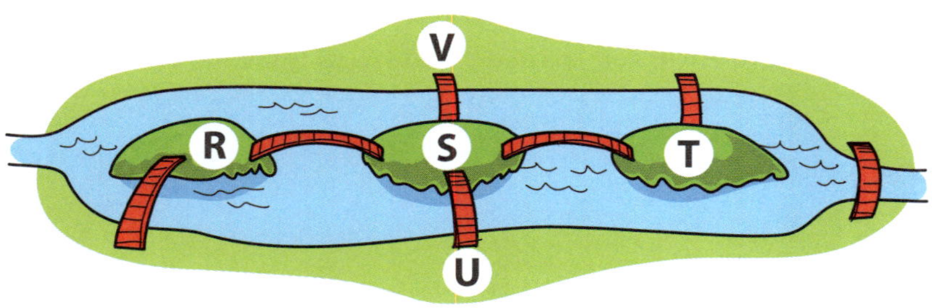

Datum: ______________

A6 Brücken bauen

Zeichnet eine Insellandschaft mit fünf bis zehn Inseln.
Zeichnet die Brücken so, dass man von jeder Insel aus alle anderen Inseln erreichen kann. Überlegt euch danach, ob es kritische Brücken gibt.
Falls ja, zeichnet weitere Brücken, sodass keine Brücke mehr kritisch ist.

R13 Bekanntschaften mit Graphen darstellen

Mit einem Graphen kannst du darstellen, welche Kinder sich gegenseitig kennen.
Wenn zwei Kinder mit einer Linie verbunden sind, kennen sie sich.

A Welches Kind kennt am meisten andere Kinder?

____

Welche beiden Kinder kennen am wenigsten andere Kinder?

____

B Eine Gruppe von Kindern nennen wir eine Clique, wenn sich alle Kinder gegenseitig kennen.
Rahel, Michelle und Tomi sind eine Clique der Größe 3, weil sich alle drei Kinder kennen.
Otso, Rahel und Tomi sind keine Clique, weil Tomi und Otso sich nicht kennen.

Gibt es weitere Cliquen der Größe 3 unter den Kindern? Schreibe auf.

☐ nein ☐ ja ______________________________

C Die Bekanntschaften der fünf Kinder Ada, Lea, Alex, Nora und Elke können so beschrieben werden:

- Ada kennt Lea, Alex und Nora.
- Lea kennt Ada und Elke.
- Alex kennt nur Ada.
- Nora kennt Ada und Elke.
- Elke kennt Lea und Nora.

Zeichne den Graphen für die Bekanntschaften der Kinder.

Gibt es eine Clique der Größe 3? Falls ja, notiere die Namen der Kinder in der Clique.

☐ nein ☐ ja ____________________

Gibt es eine Clique der Größe 4? Falls ja, notiere die Namen der Kinder in der Clique.

☐ nein ☐ ja ____________________

Datum: ______________

Daten schützen oder Informationen geheim halten

R14 Passwörter aus Sätzen bilden

Valentina träumt davon, den Kilimandscharo zu besteigen. Aus dem Satz **Der Kilimandscharo ist der höchste Berg von Afrika.** leitet sie das Passwort **DKidhBvA.** ab. Findest du heraus, wie sie vorgegangen ist?

Welches Passwort passt zu diesem Satz? Kreuze an.
Der höchste Berg der Welt ist der Mount Everest.

☐ 1 **dhbdwidme**
☐ 2 **EMdiWdBdD.**
☐ 3 **DhBdSidD.**
☐ 4 **DhBdWidME.**

R15 Passwörter aus Buchstaben, Ziffern und Sonderzeichen

Elisabeth braucht für den Zugriff auf ihre E-Mails ein sicheres Passwort.
Das System verlangt von ihr ein Passwort, das mindestens acht Zeichen lang ist.
Im Passwort muss es große und kleine Buchstaben, Ziffern und ein Sonderzeichen geben.

Aus dem Satz **Leben ist das, was du daraus machst.** bildet sie folgendes Passwort: **L5i3d3,w3d2d6m6**.

Wie lautet das Passwort, wenn du es aus dem Satz **Leo ist mein Freund.** bildest? Erkläre, wie du das Passwort gebildet hast.

____

____

Merke!

Wer einen Schlüssel zu einem Haus oder einem Raum hat, der darf die Tür öffnen und eintreten. Ein **Passwort** ist ein Schlüssel zu einem Computer, zu einer Anwendung oder zu einer Sammlung von Dateien.

Wenn du dein sicheres Passwort für deinen Computer für dich geheim hältst und niemandem verrätst, kann niemand deinen Computer nutzen und deine Fotos, Texte und andere dort abgespeicherten Inhalte anschauen, beschädigen oder sogar löschen.

Datum:

R16

Geheimtext aus vertauschten Buchstaben

→ KV 10

Biberin Anita findet auf einem Stück Rinde diesen Geheimtext:

ALLU TSI HOCN ZANG NCHÖS GUNJ

RBEA RAFÜD ROLLEV GCHWUNS

NOV RHREI NIEBEL RUTTEM

MEKAB EIS NED ROMPUTEC

TERNL ALLU LIEV UZ EYTB DNU TIB

DIRW EIS IN KNFORMATII TIF

NIE DILB NOV YADL ADA NA RED DANW

ALLU TROGRAMMIERP MA NAUFENDEL DANB

Biberin Ada zeigt ihr ein anderes Stück Rinde und sagt:
„Hier ist das Geheimnis der Geheimschrift!“
Findest du heraus, was die Zeichnung bedeutet?

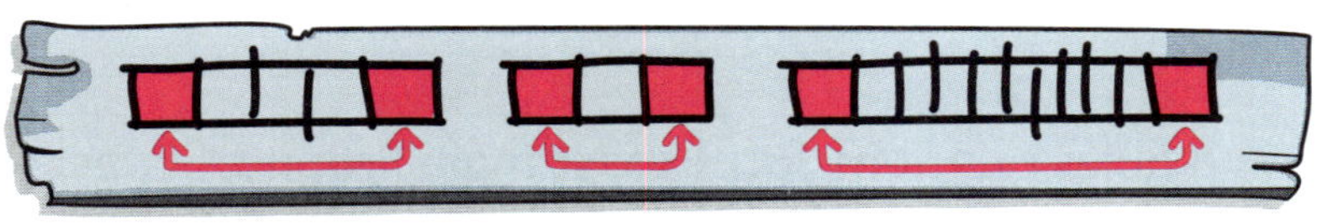

A Schaffst du es, den Geheimtext mithilfe der Zeichnung zu lesen? Trage ihn oben ein. Dieser Text heißt **Klartext** oder ursprünglicher Text.

B Nutze diese Geheimschrift, um das Ende des Gedichtes in Geheimschrift zu schreiben. Man sagt auch, dass man diesen Text **chiffriert**, damit ihn nicht alle lesen können.

PROGRAMME SCHREIBEN UND NOCH MEHR

ROBOTER STEUERN MAG ULLA SEHR

KANNST DU NUN AUS DIESEN DATEN

ULLAS TRAUMBERUF ERRATEN

Datum: ______________________

R17 Buchstaben nach einem Muster vertauschen → KV 11

Biber Felix liest im Sand diesen Geheimtext:

Die Zwischenräume zwischen den Wörtern fehlen im Geheimtext. Das macht es etwas schwieriger, den Klartext zu finden. Auf dem Stein daneben findet er diese Skizze:

Hilf Felix, den Klartext wiederherzustellen.

____

R18 Buchstaben nach einem komplexen Muster vertauschen → KV 1–3, 12

Wenn du einen Geheimtext lesen möchtest, musst du ihn **dechiffrieren**.
Kannst du diesen Geheimtext dechiffrieren?

R U W A A B M H B I E N R E B E F E I N E S T T L L F E

Arbeite mit ***KV 12*** oder mit den ***KV 1–3*** und lege den Text mit den Buchstabenkarten. Die Buchstaben wurden nach diesem Muster ausgetauscht.

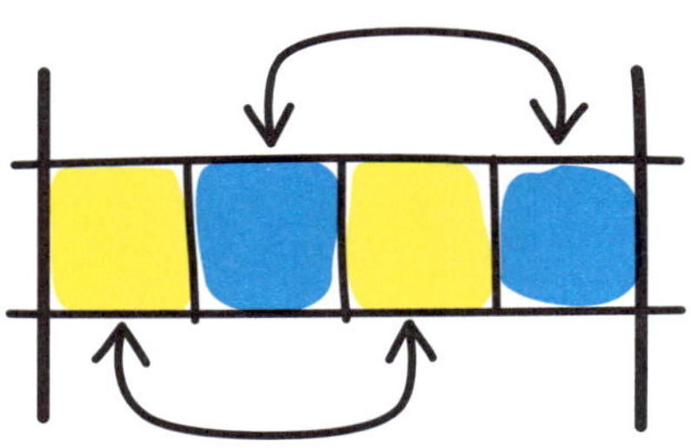

Schreibe den Klartext auf.

____

Merke!

Geheimschriften dienen dazu, Texte für andere Menschen unlesbar zu machen. Nur diejenigen, die die Geheimschrift kennen, können die Texte lesen.
Texte, die in Geheimschrift geschrieben sind, heißen **Geheimtexte**. Texte, die alle lesen können, nennt man **Klartexte**. Die ältesten Geheimschriften sind über 4000 Jahre alt. Mit unterschiedlichen Tricks wurde die Reihenfolge der Buchstaben verändert.
Wenn man einen für alle lesbaren Text in einen Geheimtext umwandelt, spricht man von **Chiffrierung**. Wenn man einen Geheimtext in den ursprünglichen Text (Klartext) zurückwandelt, spricht man von **Dechiffrierung**.

A7 Texte chiffrieren und dechiffrieren → KV 1–3

Erfindet Muster, die zeigen, wie ihr die Positionen von Buchstaben getauscht habt. Zeichnet das Muster auf.
Chiffriert nach diesem Muster einen Text. Tauscht eure chiffrierten Texte und Muster mit einer anderen Gruppe aus. Jede Gruppe dechiffriert den Geheimtext der anderen Gruppe.

R19 Geheimtext knacken → KV 13

Biber Luzi hat eine eigene Geheimschrift erfunden. Kannst du den Geheimtext dechiffrieren?

H C I   G A M   E D N I R N E K R I B

____

Datum: ______________________

R20 Ziffern durch neue Zeichen chiffrieren

○ Diese geheimnisvolle Tabelle verwenden die Biber, um Ziffern mit ganz neuen Symbolen zu chiffrieren:

	•	••	•••	••••
○	0	1	2	3
△	4	5	6	7
□	8	9		

Der kleine Smarti ist ganz stolz, dass er gelernt hat, mit der Tabelle Zahlen zu chiffrieren. Er schreibt sein Geburtsdatum als Geheimtext.
Kannst du das Geburtsdatum von Smarti lesen? Schreibe auf.

____

R21 Neue Zeichen erzeugen

○ Auch Valentina hat eine eigene Tabelle erfunden und ihr Geburtsdatum damit chiffriert. Wann ist Valentinas Geburtstag?

____

Datum: ______________________

R22 Neue Zeichen für Buchstaben erfinden → KV 14

Peter verwendet zum Chiffrieren der Buchstaben diese Tabelle mit drei Zeilen und neun Spalten:

	A	B	C	D	E	F	G	H	I
	J	K	L	M	N	O	P	Q	R
	S	T	U	V	W	X	Y	Z	

Kannst du diesen Geheimtext dechiffrieren?

____

____

A8 Mit neuen Zeichen chiffrieren und dechiffrieren

Erstellt eine Tabelle wie in den Rätseln 20–22 und tragt alle Ziffern oder Buchstaben ein. Erfindet Zeichen für die Spalten und Zeilen.

- Chiffriert danach verschiedene Zahlen oder Buchstaben.
- Tauscht die chiffrierten Zahlen oder Geheimtexte und die Tabelle mit einer anderen Gruppe aus.
- Beide Gruppen dechiffrieren die Zahlen oder Geheimtexte.

Ihr könnt auch so vorgehen:

- Tauscht die Chiffrierungstabelle mit einer anderen Gruppe aus.
- Jede Gruppe hat 1–2 Minuten Zeit zum Auswendiglernen.
- Danach gibt man die Chiffrierungstabellen zurück und tauscht die Geheimtexte zum Dechiffrieren aus.

Datum: ____________________

R23 **Ziffern statt Buchstaben** → KV 15

Die alten Griechen hatten ein Alphabet, das aus nur 24 Buchstaben bestand. Für die Buchstaben I und J verwendeten sie nur ein Symbol, ebenso für die Buchstaben V und U. Vor 2300 Jahren haben sie die folgende Tabelle zum Chiffrieren entwickelt:

	1	2	3	4	5
1	A	B	C	D	E
2	F	G	H	I/J	K
3	L	M	N	O	P
4	Q	R	S	T	U/V
5	W	X	Y	Z	

Dechiffriere den Geheimtext. Schreibe auf.

13	31	15	45	15	42	24	11	24	43	44	14	24	15	12	15	43	44	15

35	42	34	22	42	11	32	32	24	15	42	15	42	24	33

Datum: ______________________

R24 Eine beschädigte Chiffriertabelle wiederherstellen

→ KV 16

Smarti hat eine neue Tabelle erfunden. Er chiffriert sein Lebensmotto und gibt dann beides (Tabelle und chiffriertes Lebensmotto) Bernard. Bernard ist schlau, aber ein bisschen schusselig. Er verschüttet seine Tasse Kakao und die Tabelle wird teilweise unlesbar.

Kannst du Bernard helfen, Smartis Lebensmotto dennoch zu lesen?

____

____

____

Aus Daten lernen

R25 Reihen aus drei Bäumen → KV 17, 18, 52

Die Biber haben jeweils drei Bäume in einer Reihe gepflanzt.
In jeder Reihe ist ein Baum der **Höhe 1**, ein Baum der **Höhe 2** und ein Baum der **Höhe 3**.

Wenn man die Baumreihe von der Seite anschaut, sieht man nur die Bäume, die nicht hinter größeren Bäumen versteckt sind.

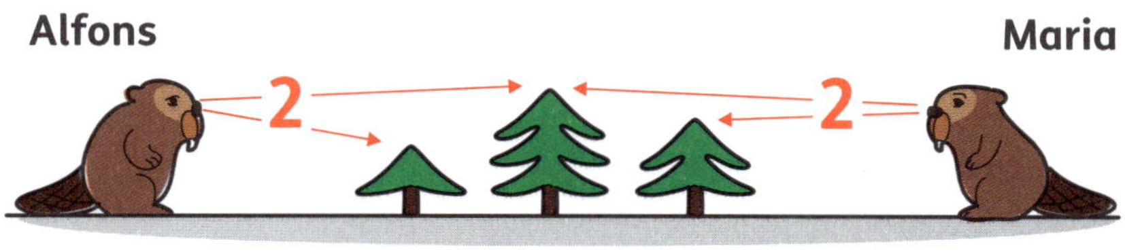

Alfons sieht nur zwei Bäume, und zwar: 

Maria sieht auch nur zwei Bäume, und zwar: 

Falls du Legosteine hast, kannst du die Situation auch nachbauen:

Sicht von Alfons:

Sicht von Maria:

Datum: ______________________

A Alfons sieht alle drei Bäume und Maria sieht nur einen Baum.
Kannst du die Baumreihe bilden? Zeichne.

Alfons 3				Maria 1

B Alfons sieht einen Baum und Maria sieht zwei Bäume.
Kannst du die Baumreihe bilden? Zeichne.

Alfons 1				Maria 3

C Alfons sieht zwei Bäume. Maria sieht auch zwei Bäume.
Finde zwei unterschiedliche Baumreihen, bei denen dies möglich ist. Zeichne.

Alfons 2				Maria 2

Alfons 2				Maria 2

R26 Baum-Sudoku 3 x 3 → KV 17, 18, 52

Die Biber pflanzen ein 3 x 3-Feld mit insgesamt neun Bäumen.
Die Bäume haben drei unterschiedliche Höhen: 1, 2 und 3.

In jeder waagerechten Reihe (Zeile) und in jeder senkrechten Reihe (Spalte) des Feldes gibt es von jeder Baumhöhe nur einen Baum.

Die Zahlen rund um das Feld zeigen an, wie viele Bäume jemand sieht, wenn er oder sie die Baumreihe aus dieser Position heraus anschaut.

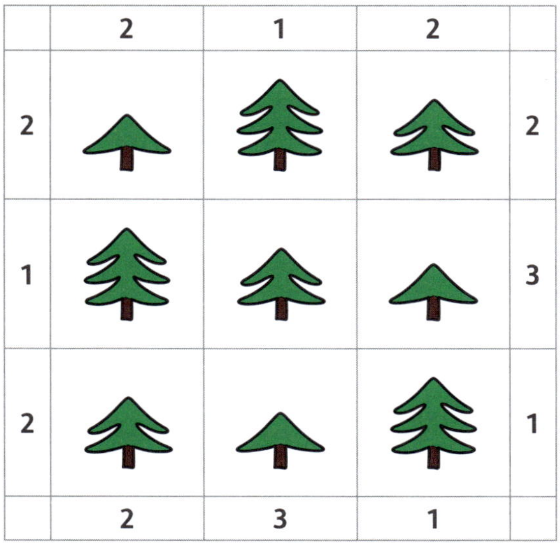

Auf diesen Sudokus sind nur wenige Informationen vorhanden.
Kannst du die Baumreihen trotzdem bilden? Ergänze die Sudokus.

○ A

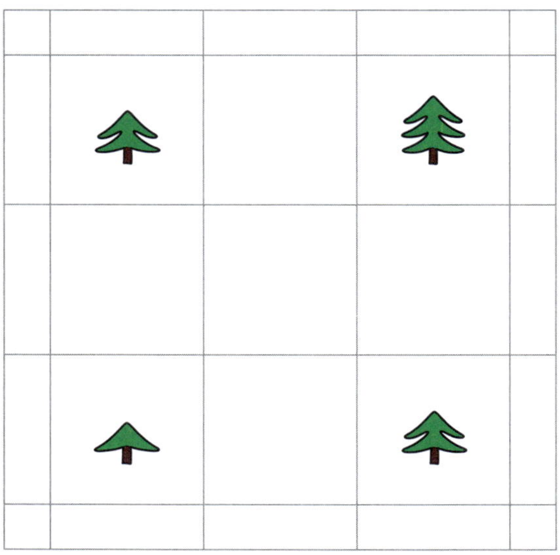

○ B

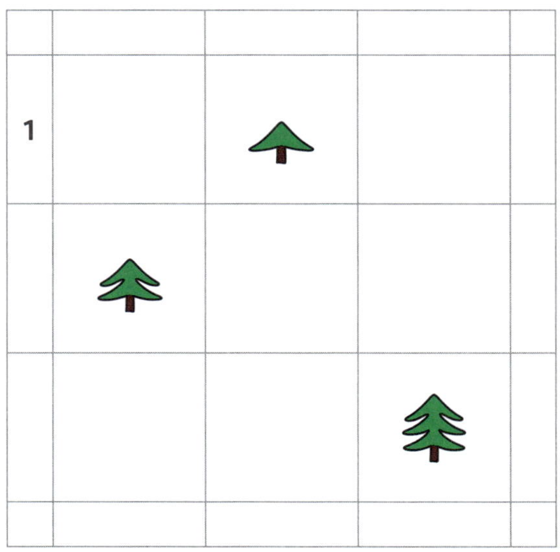

Datum: ______________

Ergänze die Sudokus.

C

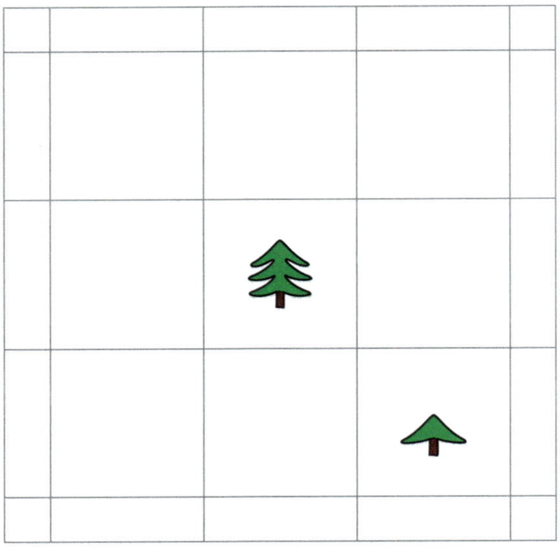

D

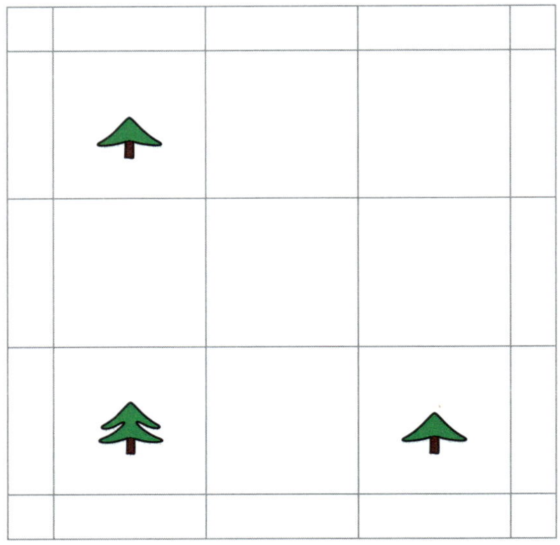

E

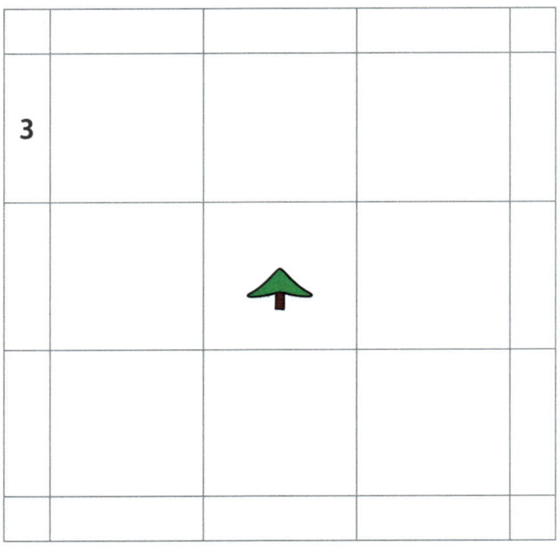

F

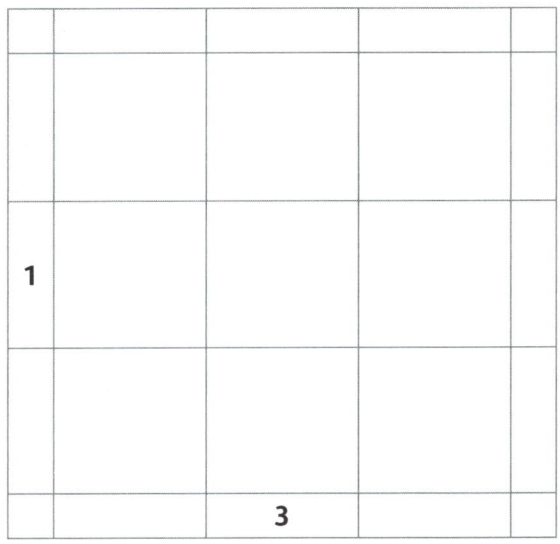

G

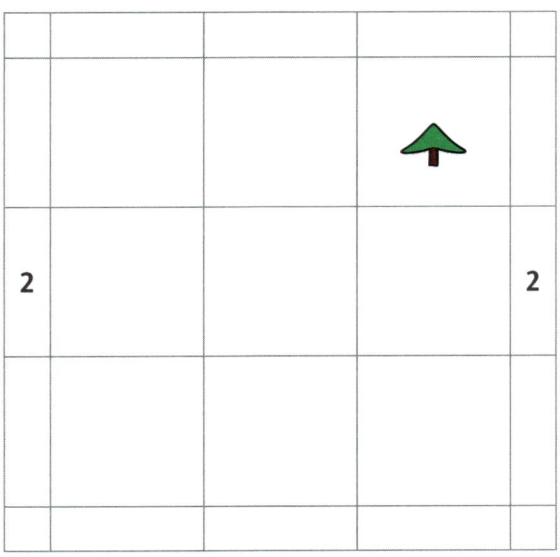

H

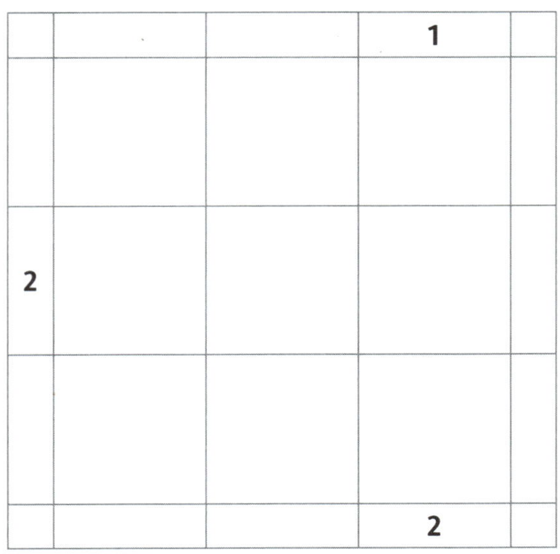

A9 Baum-Sudoku erstellen und lösen → KV 19, 52

- Zeichnet oder legt ein Baumfeld so, dass in jeder Reihe alle drei Baumhöhen vorkommen.
- Dann bestimmt ihr die Zahlen am Feldrand, die bezeichnen, wie viele Bäume aus den einzelnen Positionen zu sehen sind.
- Danach bereitet ihr das Baum-Sudoku für eine andere Gruppe vor:
  Im Baum-Sudoku sollen höchstens drei Bäume und am Feldrand höchstens zwei Zahlen stehen.

Sind die Aufgaben immer eindeutig lösbar oder könnte es auch mehrere Lösungen geben?

R27 Reihen aus vier Bäumen → KV 20, 52

Die Biber pflanzen weitere Bäume in Reihen, diesmal jeweils vier Linden in einer Reihe. In jeder Reihe befindet sich genau ein Baum der **Höhe 1**, ein Baum der **Höhe 2**, ein Baum der **Höhe 3** und ein Baum der **Höhe 4**.

Wenn du die Bäume von der Seite anschaust, siehst du nur diejenigen Bäume, die nicht hinter größeren versteckt sind.
Alfons sieht zwei Bäume (von der Höhe 2 und 4),
Maria sieht drei Bäume (von der Höhe 1, 3 und 4).

Bestimme die Baumreihen mit den Informationen in der Tabelle.
Arbeite zuerst mit der ***KV 20*** und ***52***. Schneide die Bäume aus oder bilde die Baumreihe mit Legosteinen. Zeichne deine Ergebnisse hier ein.

A

Alfons 1					**Maria** 4

B

Alfons 2					**Maria** 3

C

Alfons 2					**Maria** 1

D

Alfons 2					**Maria** 2

R28 **Baum-Sudoku 4 x 4** → KV 21–24, 52

Die Biber pflanzen 16 Bäume in ein 4 x 4-Feld.
Die Höhen der Bäume sind 1, 2, 3 und 4. In jeder Reihe (waagerecht und senkrecht) kommt jede Baumhöhe nur einmal vor. Die Zahlen rund um das Feld geben an, wie viele Bäume man sieht, wenn man die Baumreihe aus dieser Position anschaut.

	3	2	2	1	
3					1
2					2
1					3
2					2
	2	1	3	3	

Datum: ______________________

Bilde aus den gegebenen Informationen die Baumfelder.
Die ***KV 21–24*** und ***52*** oder Legosteine können dir dabei helfen.

A

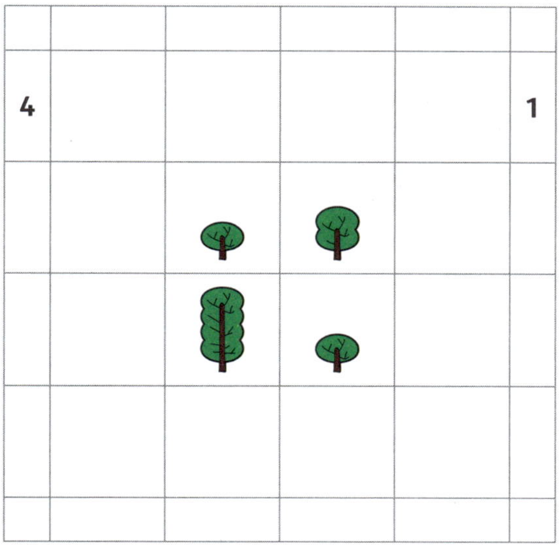

B

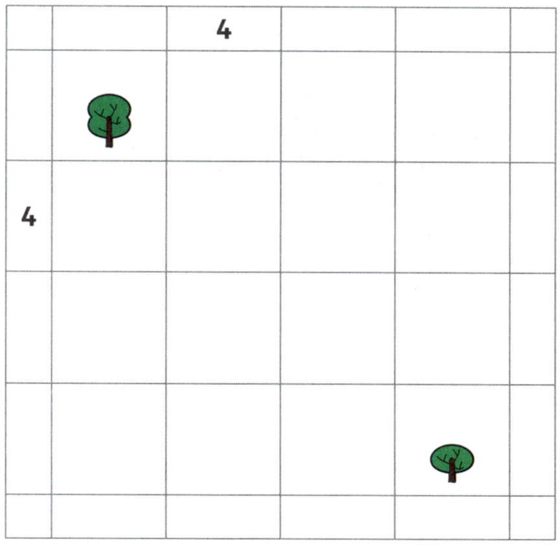

C

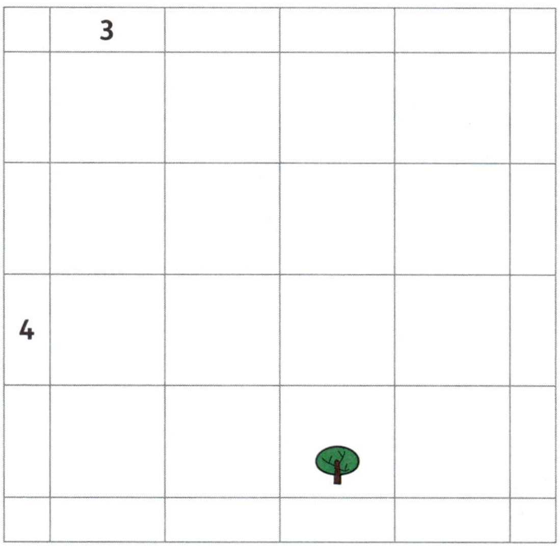

D

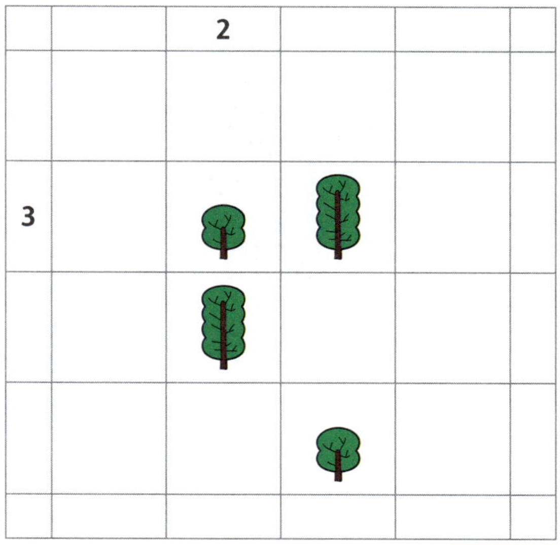

R29 Naschender Biber Kubko

Sechs junge Biber bauen einen Damm. Biber Kubko schleicht sich davon und nascht von der Birkenrinde in der Vorratskammer. Bürgermeisterin Sara entdeckt den Schaden und will den Schuldigen finden.

Sie weiß, dass alle sechs jungen Biber gleich schwer sind. Der naschende Biber (Kubko) muss schwerer sein als die anderen. Sie wiegt die jungen Biber so:

Weiß die Bürgermeisterin jetzt, wer der naschende Biber ist?

☐ nein ☐ ja ____________

R30 Naschender Biber 2

Nun sind es neun Biber. Wieder hat einer in der Vorratskammer genascht. Bürgermeisterin Sara will mit nur zweimal Wiegen herausfinden, wer der naschende Biber war.

Sie vergleicht bei der ersten Messung das Gesamtgewicht der drei Biber A, B und C mit dem Gesamtgewicht der Biber D, E und F. Die Biber G, H und I werden beim ersten Mal nicht gewogen.

Was weiß Bürgermeisterin Sara jetzt? Welche der drei Aussagen stimmen? Kreuze an.

- ☐ 1 Der Naschende ist in der Gruppe A, B, C.
- ☐ 2 Der Naschende ist in der Gruppe D, E, F.
- ☐ 3 Der Naschende ist in der Gruppe G, H, I.

Welche Biber müssen jetzt auf die Waage, um herauszufinden, wer der Naschende war? Beschreibe oder zeichne eine Möglichkeit.

R31 Das Gewicht der drei Biberinnen bestimmen

Die drei jungen Biberinnen Amelie (A), Sonja (S) und Xenia (X) wurden gewogen.
Bestimme aus den drei Messungen das Gewicht der drei Biberinnen.
Rechne und trage dein Ergebnis ein.

Amelie (A) wiegt ______ Kilogramm.

Amelie (A) und Sonja (S) wiegen zusammen ______ Kilogramm.

Amelie (A) und Sonja (S) und Xenia (X) wiegen zusammen ______ Kilogramm.

Amelie (A) wiegt ______ kg. Sonja (S) wiegt ______ kg. Xenia (X) wiegt ______ kg.

R32 Wer ist Median?

Man weiß von jedem einzelnen der sieben Biberkinder, wie schwer es ist.

Eines der Biberkinder trägt den Spitznamen „Median“. Die Anzahl der Biberkinder, die schwerer als Median sind, ist genau gleich groß wie die Anzahl der Biberkinder, die leichter als Median sind.

Kannst du herausfinden, welches der Biberkinder den Spitznamen Median trägt?

____

Datum: ______________________

Probleme lösen

Bestimmt hast du schon öfter vor einem **Problem** gestanden, wie zum Beispiel, dass die Fahrradkette herausgesprungen ist oder ein Teil deiner Bastelarbeit gefehlt hat. Irgendwie hast du es aber geschafft, das Problem zu lösen.

Ein Problem ist im Grunde wie eine Aufgabe. Es gibt eine **Zielsetzung** und oft auch eine **Einschränkung**, die du zum Erreichen des Ziels einhalten musst.

Im Beispiel mit der herausgesprungenen Fahrradkette ist die Zielsetzung: Hänge die Kette wieder ein. Die Einschränkung fordert, dass du dir dabei die Kleider nicht schmutzig machen sollst.

In diesem Kapitel lernst du, wie du erfolgreich Lösungen für unterschiedliche Probleme finden kannst.

Datum: ______________________

Lösungsvorschläge überprüfen

R1 Waren mit Booten transportieren → KV 43

○

Einige Biber wollen die gesammelte Rinde mit drei Segelbooten transportieren.
Es sind zehn Rindenpakete mit diesen Gewichten:

12 kg	10 kg	8 kg	7 kg	5 kg	5 kg	4 kg	4 kg	2 kg	1 kg

Die zehn Pakete sollen auf die drei Boote verteilt werden. Das maximale Ladegewicht von 20 kg darf bei keinem Segelboot überschritten werden.

- Überprüfe die Lösungsvorschläge in der Tabelle.
- Welche Lösungsvorschläge sind zulässig? Kreuze an.
- Falls ein Lösungsvorschlag nicht zulässig ist, erkläre, warum das so ist.
- Markiere rot, wenn das maximale Ladegewicht von 20 kg auf einem Boot überschritten ist.
- Markiere blau, wenn nicht alle Rindenpakete geladen worden sind.

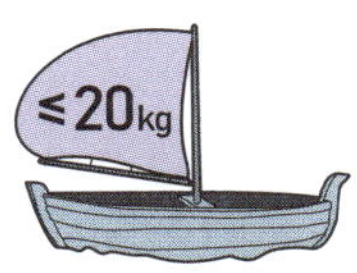

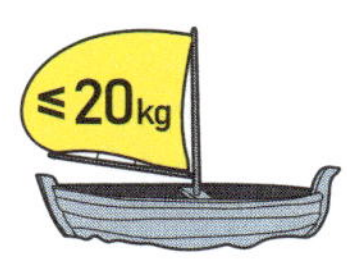

		Erstes Segelboot	Zweites Segelboot	Drittes Segelboot
☐	**Michael**	12 kg, 8 kg	10 kg, 5 kg, 5 kg	7 kg, 4 kg, 4 kg, 2 kg, 1 kg
☐	**Angelica**	12 kg, 7 kg	10 kg, 8 kg, 4 kg	5 kg, 5 kg, 4 kg, 2 kg, 1 kg
☐	**Steffi**	12 kg, 4 kg, 2 kg, 1 kg	10 kg, 5 kg, 5 kg	8 kg, 7 kg, 4 kg
☐	**Jan**	12 kg, 4 kg, 2 kg	10 kg, 5 kg, 4 kg	8 kg, 7 kg, 1 kg
☐	**Kubko**	12 kg, 8 kg	10 kg, 4 kg, 3 kg, 2 kg	7 kg, 5 kg, 4 kg, 2 kg

Datum: ______________________

R2 Eisdielen planen → KV 26

In Biberdream will man Eisdielen an einigen Straßenkreuzungen oder Straßenenden platzieren. Egal an welcher Straße man wohnt, es muss immer an einem der beiden Straßenenden eine Eisdiele stehen.

Zum Beispiel: Wenn in F eine Eisdiele steht, dann haben alle, die an den vier roten Straßen wohnen, einen direkten Zugang zu dieser Eisdiele.

Welche dieser Lösungen ermöglichen allen Bewohnerinnen und Bewohnern einen direkten Zugang zu einer Eisdiele? Kreuze an.

- ☐ 1 Eisdielen in Knoten A, B, F, G und H
- ☐ 2 Eisdielen in Knoten C, F, H und I
- ☐ 3 Eisdielen in Knoten C, D, E, G und J
- ☐ 4 Eisdielen in allen Knoten
- ☐ 5 Eisdielen in Knoten A, B, D, E, H, G und I

Zur Überprüfung kannst du so vorgehen:
Wenn in einem Knoten eine Eisdiele steht, markiere den Knoten und zeichne alle Straßen rot ein, die mit dem Knoten verbunden sind.
Wenn alle Wege rot sind, ist das Ziel erreicht. Wenn einige Straßen weiß bleiben, ist der Lösungsvorschlag unzulässig.

Du kannst für weitere Versuche die ***KV 26*** nutzen.

Datum: ______________________

R3

Wege beschreiben → KV 27

Du möchtest von Biberburg nach Fichtendorf fahren. Wie beschreibst du den Weg dorthin? Du kannst den Weg als eine Folge von Ortschaften beschreiben, über die du fährst. Deine Wegbeschreibung muss alle Ortschaften auflisten, die auf deinem Weg vorkommen.

Beispiele:

Biberburg – Berg – Fischteich – Schwarztanne – Fichtendorf

Wenn du über diese Orte fährst, ist das ein möglicher Weg von Biberburg nach Fichtendorf.

Biberburg – Birkenwald – Fichtendorf

Diese Folge der drei Ortschaften beschreibt jedoch keinen Weg, weil es zwischen Biberburg und Birkenwald keine direkte Verbindung gibt.
Es fehlt die Ortschaft Eichendorf oder es fehlen die Ortschaften Berg und Fischteich, über die man von Biberburg nach Birkenwald gelangen kann.

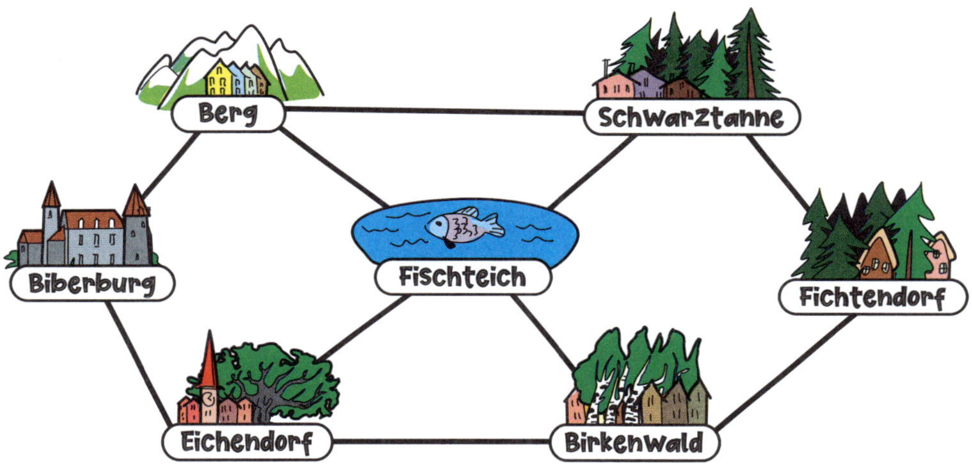

Ein Weg von Biberburg nach Fichtendorf ist eine zulässige Lösung, wenn man über keine Ortschaft zweimal fährt.

Welche Lösungsvorschläge sind zulässige Lösungen? Kreuze an.
Welche Lösungsvorschläge hast du nicht angekreuzt? Begründe.
Zeichne zur Hilfe vorher die vorgeschlagenen Wege mit verschiedenen Farben ein.

- ☐ 1 Biberburg – Berg – Fischteich – Fichtendorf
- ☐ 2 Biberburg – Eichendorf – Birkenwald – Fischteich – Berg – Schwarztanne – Fischteich – Birkenwald – Fichtendorf
- ☐ 3 Biberburg – Berg – Schwarztanne – Fichtendorf
- ☐ 4 Biberburg – Berg – Fischteich – Biberburg – Eichendorf – Birkenwald – Fichtendorf
- ☐ 5 Biberburg – Eichendorf – Birkenwald – Fischteich – Schwarztanne – Fichtendorf
- ☐ 6 Biberburg – Eichendorf – Fischteich – Fichtendorf

Datum: ___________

R4 Brücken bauen → KV 8, 28

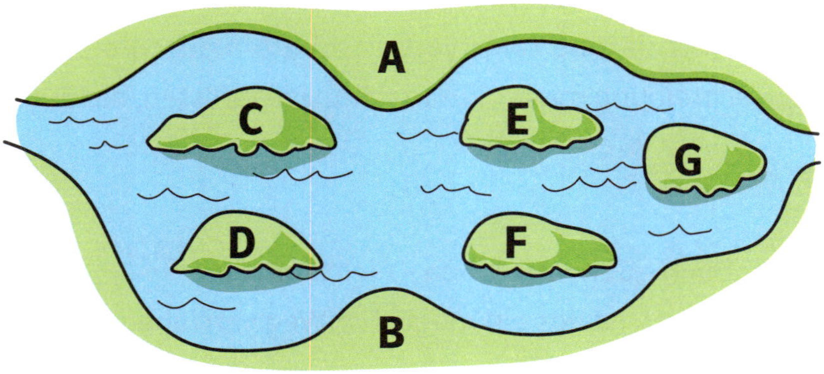

Die Biberlandschaft besteht aus den beiden Ufern A und B und den Inseln C, D, E, F und G. Neue Brücken zwischen den Orten sollen so gebaut werden, dass man von jedem Ort (A, B, C, D, E, F, G) zu allen anderen Orten über die Brücken gehen kann.

Welche dieser Lösungsvorschläge sind zulässig? Kreuze an.
Zeichne zuerst die Vorschläge mit verschiedenen Farben ins Bild ein.
Du kannst mithilfe der ***KV 8*** und ***28*** die Lösungsvorschläge auch legen.

- ☐ 1 Brücken zwischen A und C, B und G, E und G, C und E, C und D, D und F sowie F und G
- ☐ 2 Brücken zwischen A und B, C und D, E und F, E und G sowie D und F
- ☐ 3 Brücken zwischen B und D, D und C, C und A, A und E, E und G sowie G und F
- ☐ 4 Brücken zwischen C und D, E und F, E und G, A und G sowie B und G

Zwei Lösungsvorschläge sind nicht zulässig. Begründe warum.

____

____

____

R5 Ein sicheres Verkehrsnetz planen → KV 8, 28, 29

Bürgermeisterin Sara will Brücken in der Landschaft aus Rätsel 4 so platzieren, dass keine Brücke kritisch ist.
Eine Brücke ist **kritisch**, wenn ihr Zusammenbruch einen Teil der Landschaft von einem anderen Teil abschneidet.
Auf Seite 49 siehst du die vereinfachte Abbildung der Biberlandschaft in der Form eines Graphen. Die Landschaftsteile sind Knoten, die Brücken sind Linien.
Im Beispiel ist die rote Brücke kritisch.

Datum: ______________

Wenn die rote Brücke zwischen A und E gesperrt würde, gäbe es keine Verbindung zwischen E, F und G auf der einen Seite und A, C, D und B auf der anderen Seite.

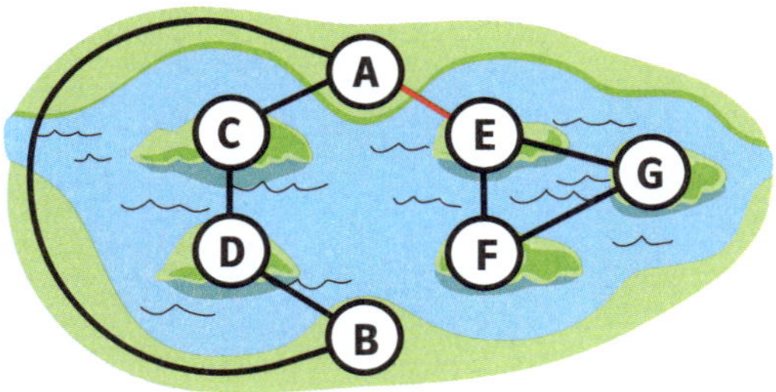

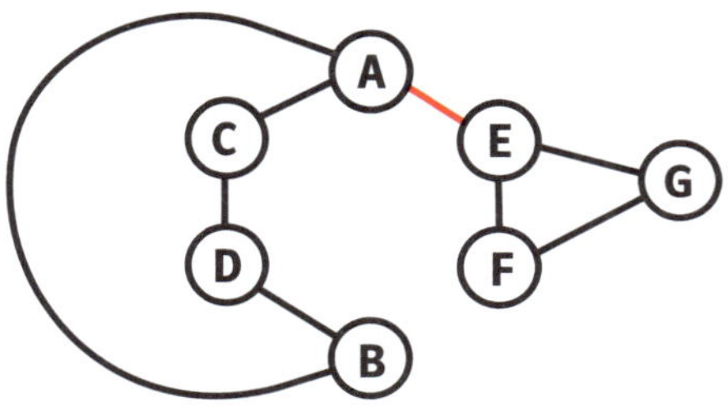

Welche dieser Lösungsvorschläge haben keine kritischen Brücken? Kreuze an.
Wenn ein Lösungsvorschlag nicht zulässig ist, markiere die kritischen Brücken.

A ☐

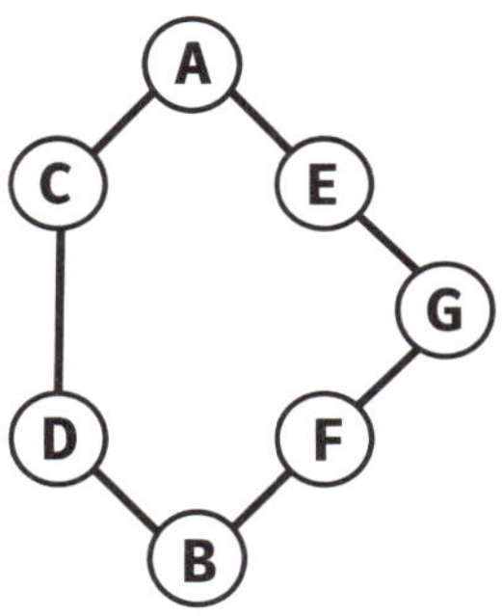

B ☐

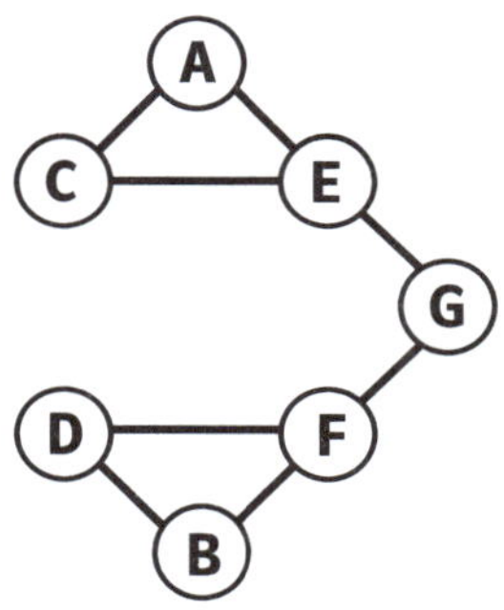

C ☐

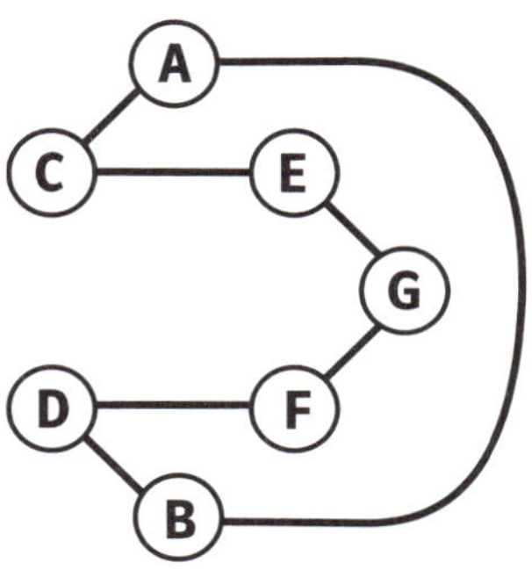

D ☐

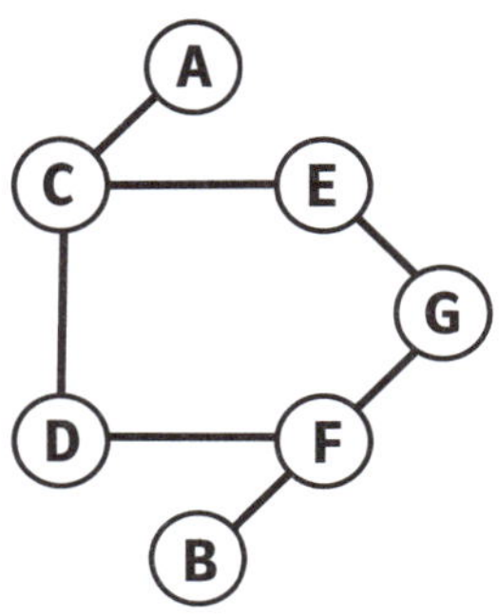

A1 Flusslandschaften mit Brücken erfinden

Zeichnet eigene Flusslandschaften mit mehreren Inseln. Zeichnet die Brücken so ein, dass man von jeder Insel zu jeder anderen über Brücken gehen kann.
Bestimmt dann, welche Brücken kritisch sind, und fügt weitere Brücken so lange hinzu, bis keine Brücke mehr kritisch ist.

R6 Spielplätze planen → KV 30

Neue Kinderspielplätze werden gebaut. In jedem Ort oder im Nachbarort soll es einen Kinderspielplatz geben.

Beispiel:

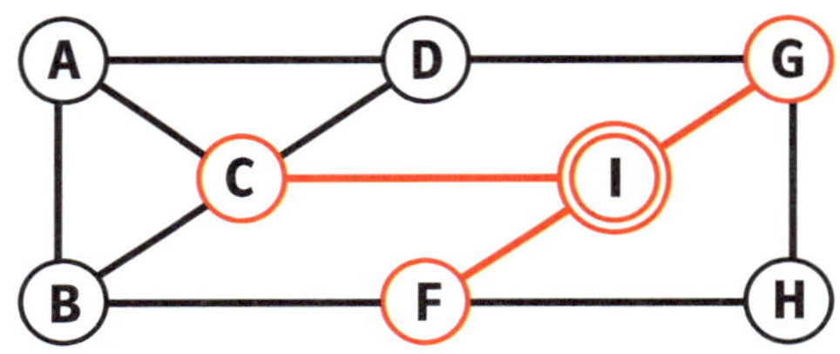

- Wenn es in I einen Spielplatz gibt, haben auch die Kinder der benachbarten Ortschaften C, G und F Zugang zu einem Spielplatz. Das kann man mit roten Linien wie im Graphen rechts darstellen.
- Wenn ein weiterer Spielplatz in A eröffnet wird, sind auch die Ortschaften B und D versorgt.
- Ohne Spielplatz bleibt dann nur H, wo noch ein dritter Spielplatz gebaut werden könnte.
- Somit sind I, A und H eine zulässige Lösung für das Spielplatzproblem.

Welche dieser Lösungsvorschläge sind zulässige Lösungen? Kreuze an.
Zeichne die Vorschläge zuerst wie im Beispiel oben ein. Du kannst für jeden Spielplatz eine eigene Farbe verwenden.

☐ 1 Spielplätze in A, F und G

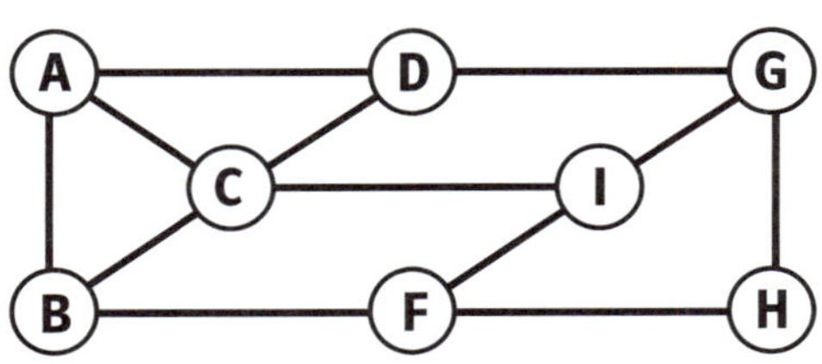

☐ 2 Spielplätze in B, C und D

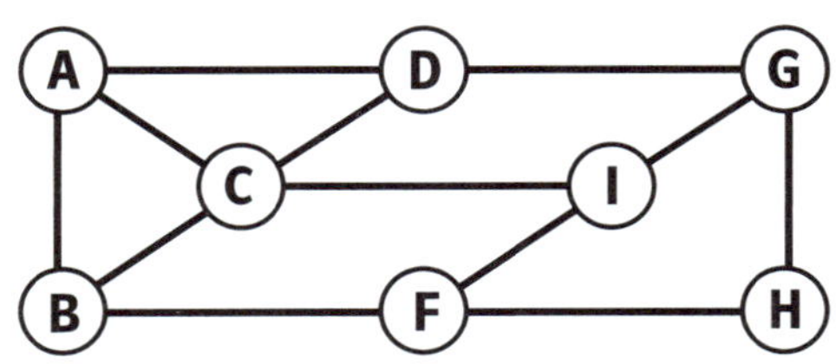

☐ 3 Spielplätze in A, B und H

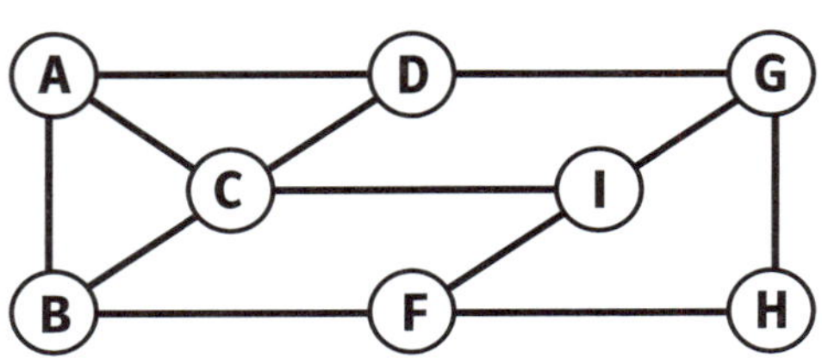

☐ 4 Spielplätze in C und H

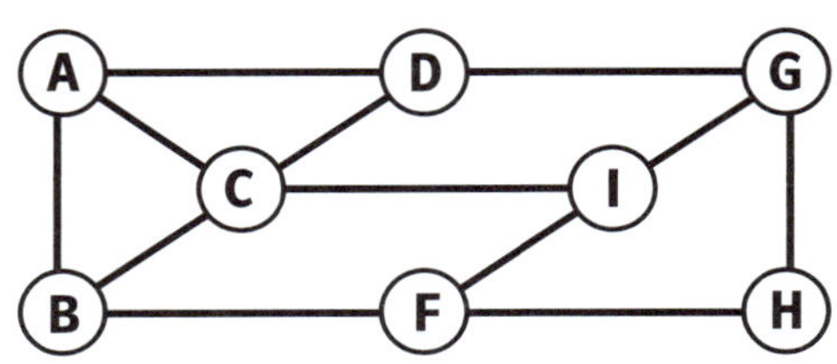

Datum: ____________________

R7 Cliquen bilden → KV 31

Eine Clique ist eine Gruppe von Menschen, in der sich alle gegenseitig kennen. Wenn die Namen von zwei Kindern mit einer Linie verbunden sind, dann kennen sich die beiden Kinder.

Beispiele:

Maria und Dennis kennen sich, sie bilden eine Clique der Größe 2.

Anna, Jacqueline und Michele bilden eine Clique der Größe 3.

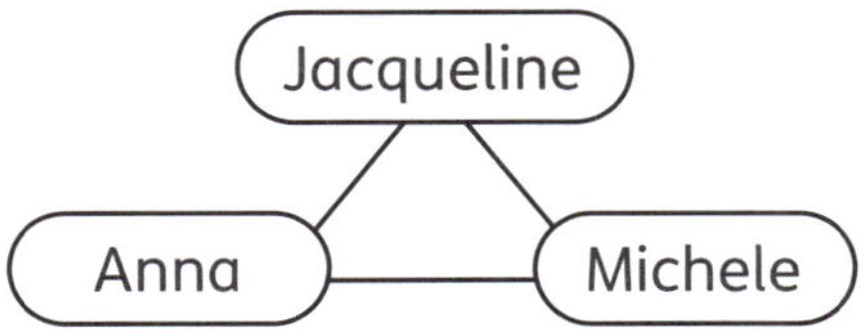

In diesem Graphen ist dargestellt, welche Kinder sich kennen.

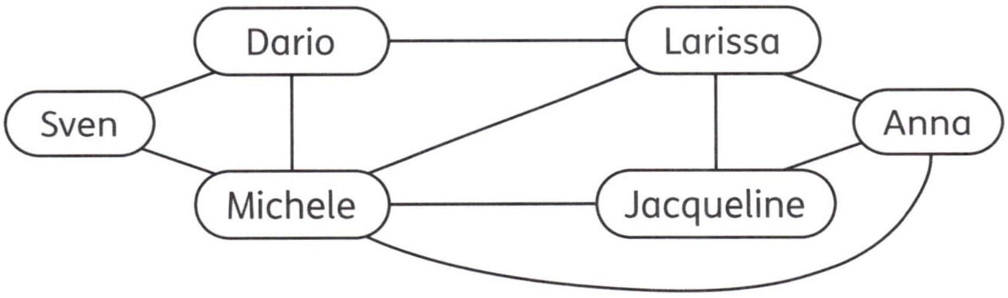

Welche dieser Aussagen sind korrekt? Kreuze an.

- ☐ 1 Sven, Dario und Michele sind eine 3er-Clique.
- ☐ 2 Michele und Larissa sind eine 2er-Clique.
- ☐ 3 Dario, Sven und Anna sind eine 3er-Clique.
- ☐ 4 Sven und Larissa sind eine 2er-Clique.
- ☐ 5 Jacqueline, Larissa, Anna und Michele sind eine 4er-Clique.
- ☐ 6 Dario, Michele, Larissa und Jacqueline sind eine 4er-Clique.

Welcher Lösungsvorschlag ist nicht zulässig? Begründe.

____

____

____

Lösungen finden

R8 Rindenpakete transportieren → KV 43

Biber Ibericas transportiert Birkenrinde vom Seeufer zur Biberburg.
Er kann höchstens 8 kg auf einmal in den Korb packen. Am Ufer liegen diese Rindenpakete bereit:

5 kg	4 kg	4 kg	3 kg	3 kg	2 kg	2 kg	1 kg

Ibericas zählt zuerst die Gewichte zusammen:
$5 + 4 + 4 + 3 + 3 + 2 + 2 + 1 = 24$.

Dann überlegt er so:
Weil $3 \cdot 8 = 24$ ist, muss ich nur dreimal hin- und herschwimmen.

Verteile die Rindenpakete auf drei Transporte. Das maximale Gewicht von 8 kg darfst du aber dabei nicht überschreiten.
Finde mindestens zwei verschiedene Lösungen für das Verteilen der Pakete.

	Transport 1	Transport 2	Transport 3
Lösung A			
Lösung B			

R9 Kioske platzieren → KV 32

Im Zoo gibt es Wege mit den sieben Stationen A–G.
An einigen Stationen sollen Kioske gebaut werden. Die Kioske sollen so platziert sein, dass mindestens an einem Ende jedes Wegs ein Kiosk steht. Die Verbindung zwischen zwei Buchstaben nennen wir Weg.

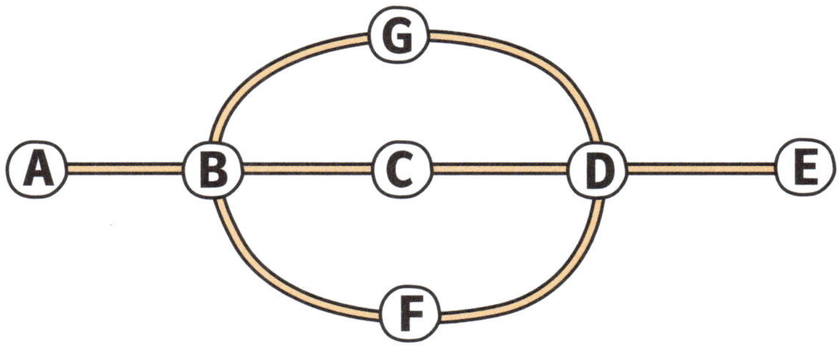

Vergleiche diese zwei Lösungen. Welche ist zulässig? Kreuze an.
Zeichne zuerst mit verschiedenen Farben in den Zooplan, von welchen Wegen aus ein direkter Zugang zu einem Kiosk besteht.

- ☐ Kioske in A, G, F und D
- ☐ Kioske in A, G, C, F und E

Schlage eine weitere Lösung vor.

____

R10 Zeichnen in einem Zug → KV 33

Kannst du Bilder in einem Zug zeichnen? „In einem Zug zeichnen“ bedeutet:
Der Stift darf beim Zeichnen nicht abgehoben werden.
Keine Linie darf zweimal gezeichnet werden. Das heißt, du darfst eine bereits gezeichnete Linie nicht übermalen.
Ein bekanntes Beispiel ist dieses „Häuschen“:

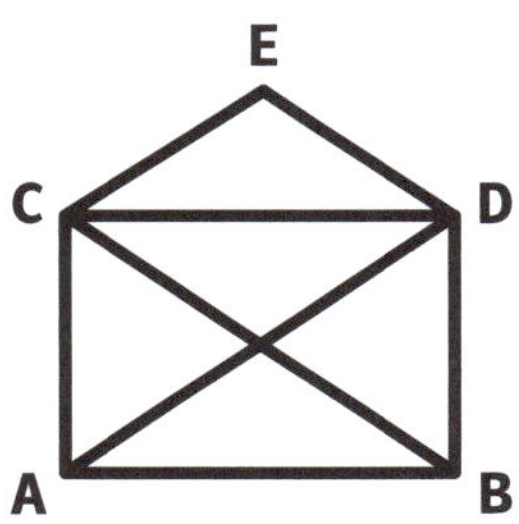

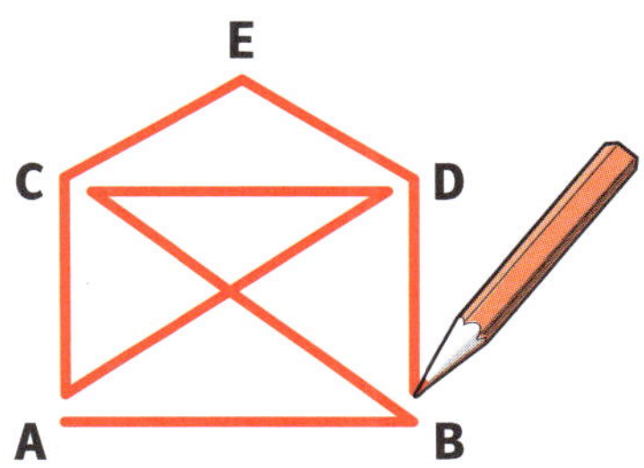

Die Lösung kannst du zeichnen. Du kannst sie aber auch als eine Folge von Knoten A, B, C, D, A, C, E, D, B beschreiben.

Datum: ____________________

Schaffst du es, diese Abbildungen (Graphen) in einem Zug zu zeichnen? Zeichne nach!

A

B

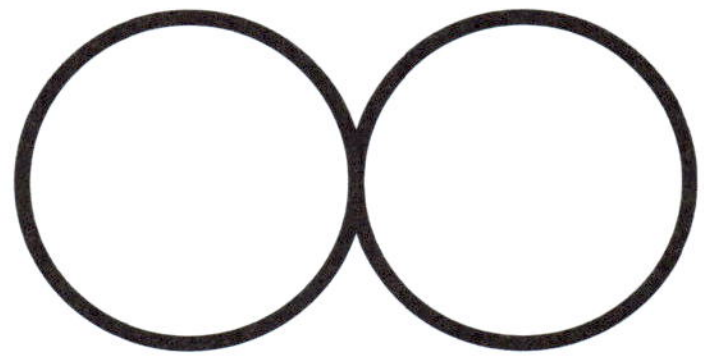

C

D

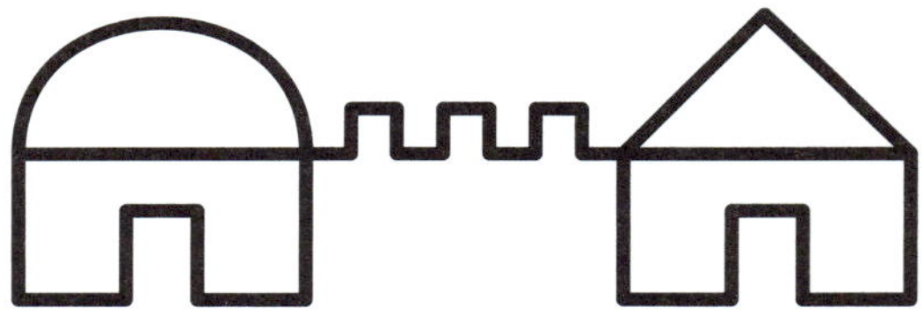

E

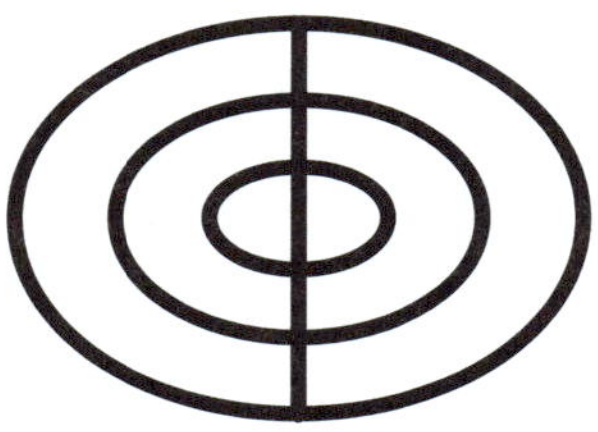

F

R11 In der Biberlandschaft spazieren gehen → KV 34

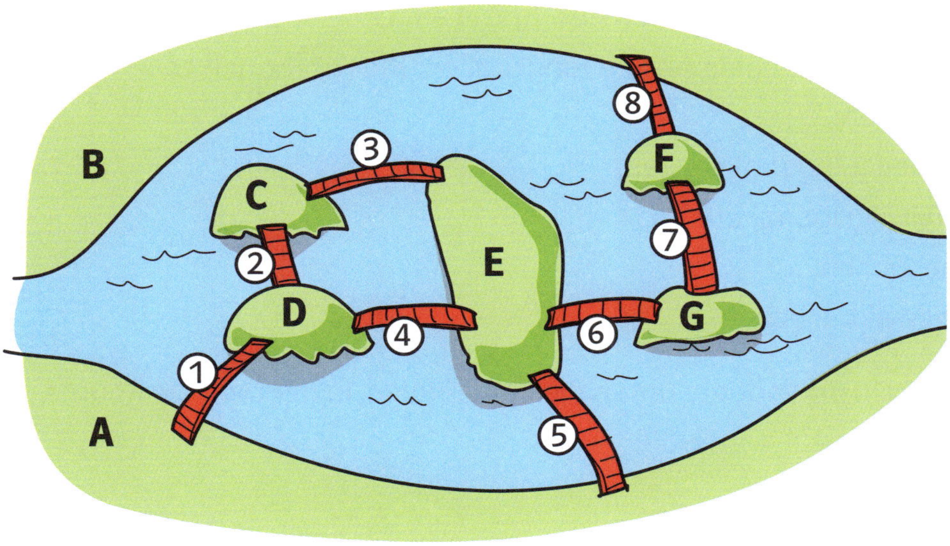

Zwischen den Ufern A und B gibt es fünf Inseln: C, D, E, F und G.
Die beiden Ufer und die Inseln sind mit acht Brücken verbunden.

Findest du einen Spaziergang durch die Biberlandschaft, bei dem du jede der acht Brücken genau einmal überquerst? Du kannst den Startpunkt und das Ende deines Spaziergangs selbst bestimmen.
Du darfst auf deinem Spaziergang jeden Ort mehrmals besuchen.
Zeichne deinen Spaziergang ein.

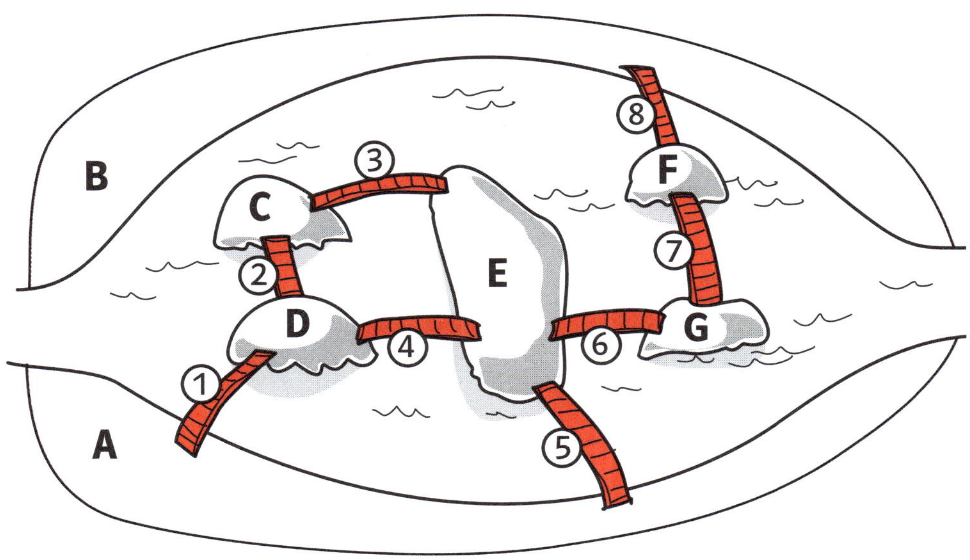

R12 Durch eine Ausstellung führen → KV 35–36

Die beiden Abbildungen stellen Ausstellungshallen dar. Jede Ausstellungshalle besteht aus Räumen, die mit Großbuchstaben beschriftet sind.
Plane eine Führung durch beide Ausstellungshallen. Die Führungen sollen diese Bedingungen erfüllen:

- beim grünen Pfeil (Eingang) starten,
- beim roten Pfeil (Ausgang) enden,
- alle Räume besuchen,
- keinen Raum zweimal betreten.

Zeichne den Weg ein und notiere unten die Reihenfolge, in der man die Räume durchlaufen kann.

○ A

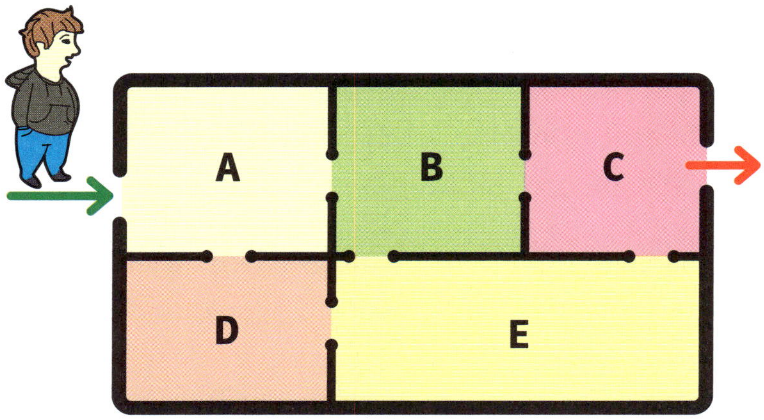

____

Bei dieser Ausstellung gibt es mehrere Möglichkeiten. Zeichne zwei Wege mit verschiedenen Farben ein und notiere beide Reihenfolgen.

◒ B

____

____

R13 Aufsichtstürme planen → KV 37

Im Biberland befinden sich Aufsichtstürme an den Kreuzungen von Wasserwegen: A, B, C, D, E, F, G, H und I.
Auf diesen Türmen sitzen Bademeister. Wenn ein Aufsichtsturm nicht besetzt ist, muss ein Bademeister auf einem benachbarten Aufsichtsturm sein.

Zwei Aufsichtstürme sind benachbart, wenn sie durch einen Kanal verbunden sind. Zum Beispiel sind A und G benachbart.

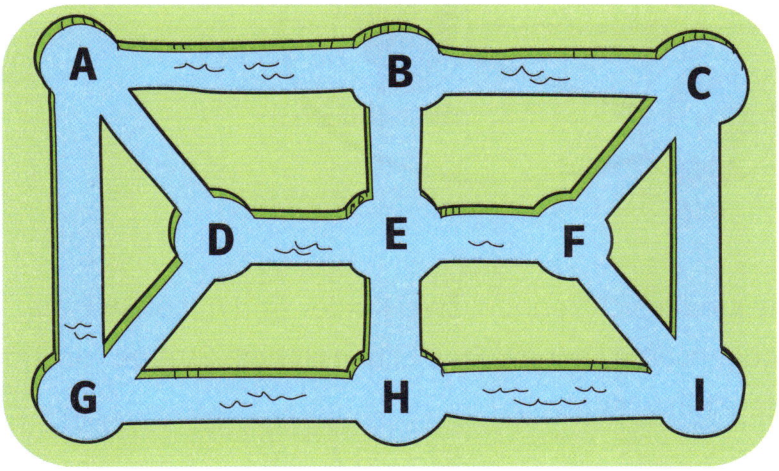

Vier Bademeister in B, D, F und H bilden eine zulässige Lösung. Für jeden Knoten gilt, dass mindestens in einem benachbarten Knoten ein Bademeister auf dem Aufsichtsturm sitzt. A zum Beispiel hat keinen Bademeister, aber es gibt an zwei benachbarten Kreuzungen, B und D, einen Bademeister.

Finde zwei weitere zulässige Lösungen. Mindestens eine sollte mit nur drei Bademeistern auskommen. Zeichne die Lösungen ein und verwende dafür unterschiedliche Farben.

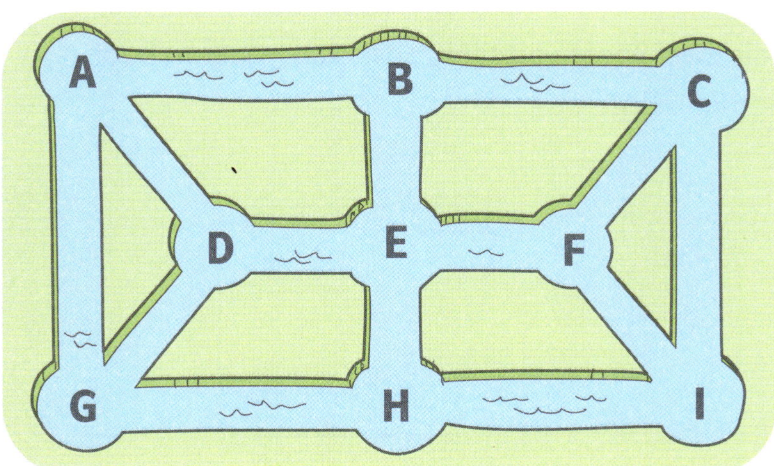

R14 Cliquen suchen → KV 38

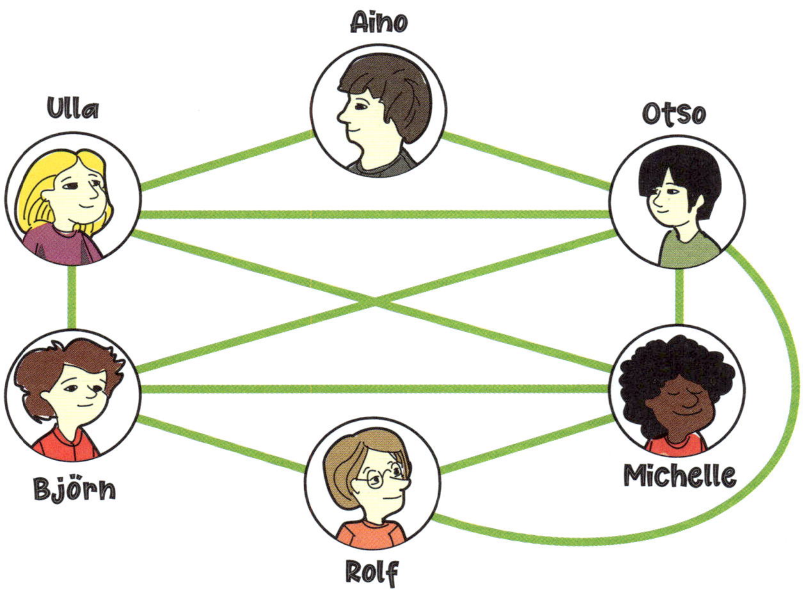

Der Graph stellt dar, welche Kinder sich kennen. Zwei Kinder sind mit einer Linie verbunden, wenn sie sich gegenseitig kennen. Eine Clique ist eine Gruppe von Kindern, in der jedes Kind jedes andere Kind kennt.

A Finde eine Clique von vier Kindern.

____

B Finde zwei Cliquen von jeweils drei Kindern, sodass Rolf in beiden Cliquen ist.

Rolf, ______________________________

Rolf, ______________________________

C Alle sechs Kinder wollen mit zwei Booten einen Ausflug auf dem Fluss machen. Kannst du die Kinder so in die zwei Boote verteilen, dass sich in jedem Boot drei Kinder befinden, die sich kennen?
Trage die Namen ein.

Boot 1

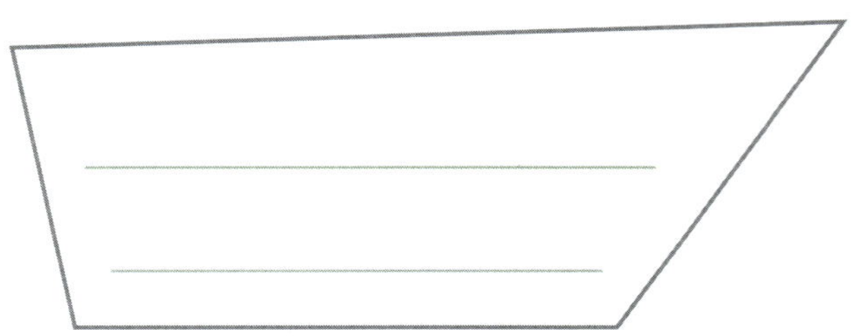

Boot 2

Datum: ____________________

Alle Lösungen auflisten

R15 Boote mit Flaggen kennzeichnen → KV 39–40

Die Biber haben acht Boote. Alle Boote sehen gleich aus. Damit die Biber ihre Boote unterscheiden können, beschließen sie, auf jedem Boot eine andere Flagge aufzuhängen.

Bürgermeisterin Sara probiert zuerst Flaggen mit zwei Streifen und mit den beiden Farben Blau und Rot aus. Sie geht so vor:

- Zuerst wählt sie die Farbe Blau oder Rot für den oberen Streifen.
- Dann wählt sie die Farbe für den unteren Streifen.

Dieses **Baumdiagramm** zeigt dir, wie die Flaggen der Bürgermeisterin aussehen und wie sie vorgegangen ist:

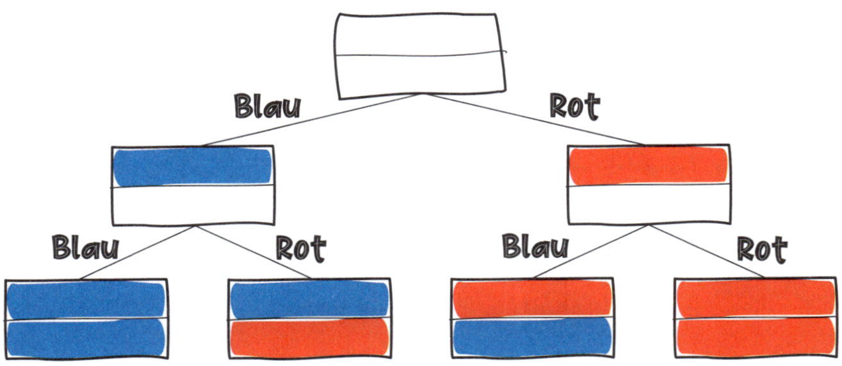

Leider ergibt dieses Vorgehen nur vier verschiedene Flaggen und das ist zu wenig.

Datum: ______________________

Biberin Cleveria schlägt vor, drei Farben zu benutzen.
Sie wählt zu Blau und Rot noch Grün dazu. Dann fängt sie an, die Flaggen mit einem Baumdiagramm aufzulisten.

○ **A** Kannst du die Arbeit von Cleveria zu Ende führen?
Male richtig an.

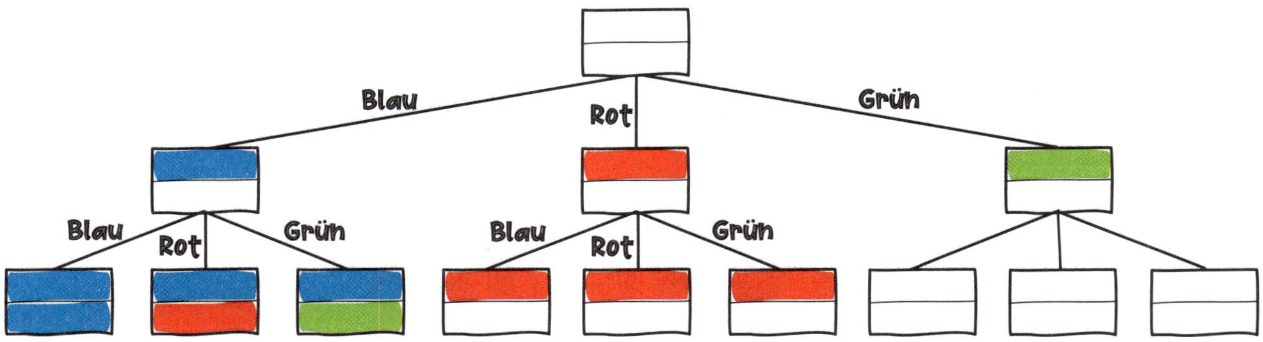

◓ **B** Biber Pfiffikus überlegt sich eine andere Strategie.
Er verwendet nur die zwei Farben Blau und Rot, dafür aber Flaggen mit drei Streifen.
Er fängt so an. Zeichne das Baumdiagramm fertig. Wie viele Flaggen entstehen?
Wird es reichen?

____

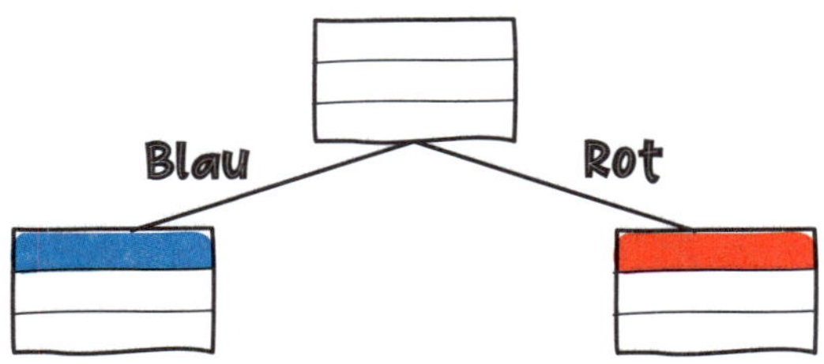

R16 Flaggen entwerfen → KV 41

Bürgermeisterin Sara gefallen die Flaggen mit den zwei Streifen.
Sie entscheidet, dass bei ihren Flaggen jede Farbe nur einmal vorkommen darf.
Mit zwei Streifen und den drei Farben Blau, Rot und Grün sehen die Flaggen so aus:

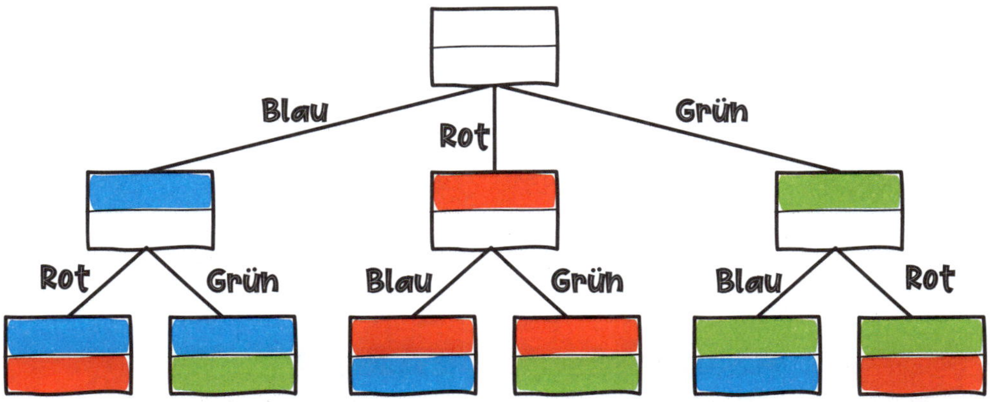

Das reicht aber nicht für die acht Schiffe.

A Biberin Cleveria schlägt vor, vier Farben für Flaggen mit zwei Streifen zu verwenden: Blau, Rot, Grün und Gelb. Wie viele Flaggen mit unterschiedlich gefärbten Streifen gibt es? Finde alle Lösungen mit diesem Baumdiagramm. Male an.

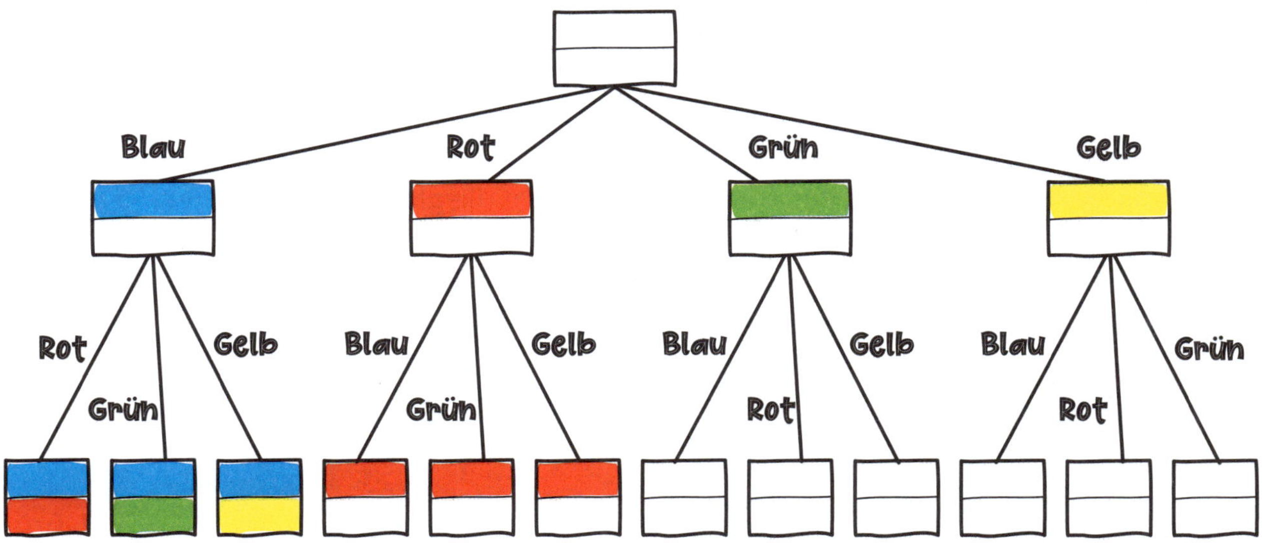

B Biber Cleverius mag Flaggen mit drei Streifen und mit drei Farben. Bürgermeisterin Sara zeigt ihm mit diesem Baumdiagramm, dass es so nur sechs verschiedene Flaggen gibt. Das reicht nicht für acht Schiffe.

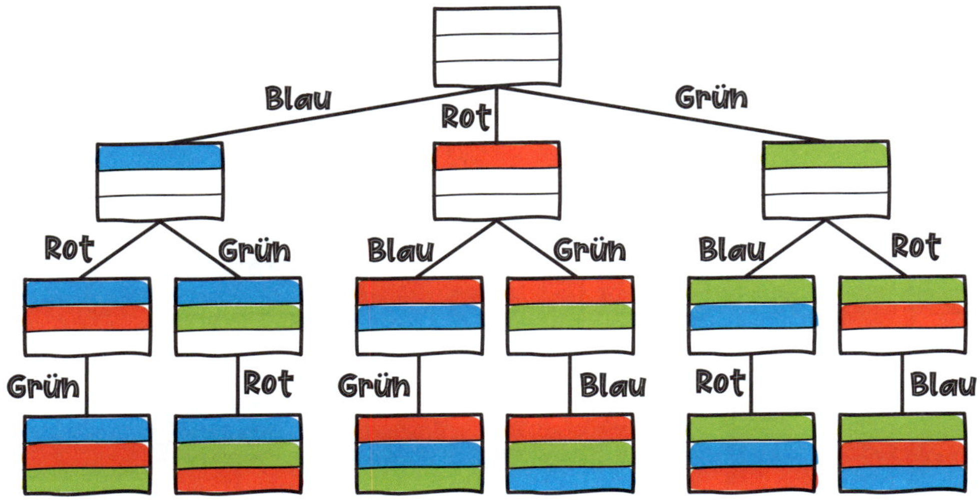

Daraufhin sagt Cleverius: „Ich verwende drei Streifen und vier Farben."
Wie viele Flaggen erhält er? Zeichne das Baumdiagramm dazu.
Denke daran, dass jede Farbe in einer Flagge nur einmal vorkommen darf. Weil das sehr viele Flaggen sind, kannst du die Kopiervorlage ***KV 41*** für das Ausmalen verwenden.

R17

Flaggen entwerfen mit Einschränkungen

Die gelbe Farbe ist den Bibern ausgegangen, weil sie die Boote gelb bemalt haben. Jetzt überlegt sich Bürgermeisterin Sara eine andere Strategie zur Herstellung von Flaggen: Eine Farbe kann zweimal verwendet werden, die benachbarten Streifen dürfen jedoch nicht die gleiche Farbe haben.
Hier ist ein Beispiel:

erlaubt

verboten

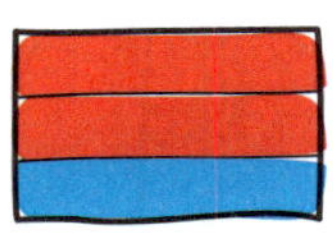

Wie viele Flaggen mit drei Streifen gibt es, wenn du die drei Farben (Blau, Rot, Grün) benutzen kannst? Liste alle Möglichkeiten in einem Baumdiagramm auf einem Extrablatt auf.

Datum: ______________

R18 Kennzeichen für Fahrräder entwickeln

Im kleinen Ort Reichenburg gibt es zwölf Fahrräder. An allen Fahrrädern soll ein Kennzeichen befestigt werden.

- Jedes Kennzeichen besteht aus zwei Zeichen.
- Das erste Zeichen soll ein Buchstabe sein und das zweite Zeichen eine Ziffer.
  Zuerst versucht man es mit den drei Buchstaben A, B und C und den beiden Ziffern 0 und 1.

Das ergibt sechs Möglichkeiten, die mit dem folgenden Baumdiagramm aufgelistet werden können.

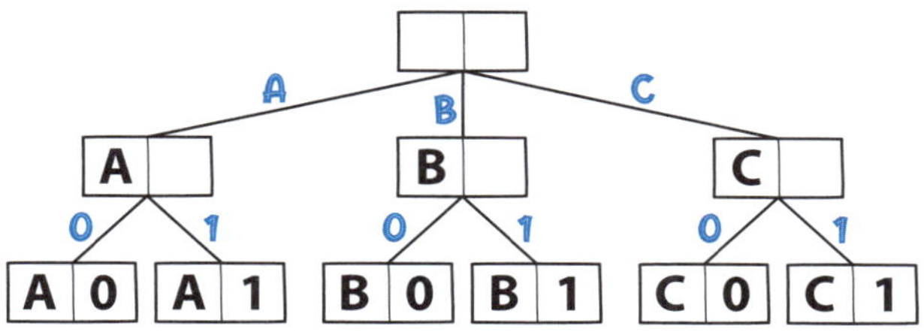

Die sechs Kennzeichen reichen aber nicht für zwölf Fahrräder.

A Kubko schlägt vor, den Buchstaben D dazuzunehmen.
Wie viele Kennzeichen entstehen jetzt? Wird es reichen?

____

B Matthias schlägt vor, die Buchstaben A, B und C zu lassen und dafür die vier Ziffern 0, 1, 2 und 3 für die zweite Position des Kennzeichens zu wählen.
Zeichne ein Baumdiagramm mit allen Möglichkeiten. Wird es reichen?

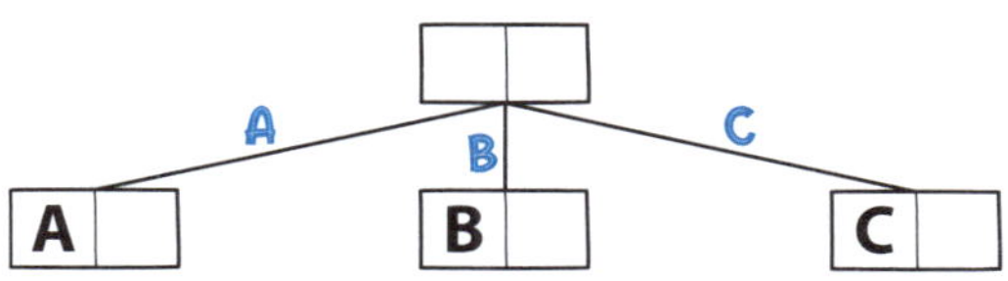

C Larissa schlägt eine ganz andere Strategie vor. Die Buchstaben lässt sie weg.
Sie will es binär mit den Bits 0 und 1 versuchen. Die Kennzeichen sollen aus 4 Bits bestehen. Beispiel: 0101 oder 0110.
Liste mit einem Baumdiagramm auf einem Extrablatt alle möglichen Kennzeichen auf.
Wird es für zwölf Fahrräder reichen?

Datum: ____________________

R19 Kennzeichen für Motorräder entwickeln

Lukas möchte für Motorräder spezielle Kennzeichen entwickeln, die nur aus den Bits 0 und 1 bestehen. Er braucht 32 unterschiedliche Kennzeichen. Wie lang müssen die Kennzeichen mindestens sein?

R20 Kennzeichen mit besonderen Eigenschaften

Entwerft Kennzeichen für Fahrräder, die aus vier Symbolen bestehen:

Dazu werden diese drei Symbole verwendet.

△ ○ ⊗

Die Kennzeichen müssen folgende Eigenschaften haben:

Auf der ersten Position ist △ oder ○.
Es dürfen nie zwei gleiche Symbole nebeneinanderstehen.
Das letzte Symbol muss das gleiche wie das erste Symbol sein.

Beispiele:

△	○	⊗	△	zulässig
△	○	○	⊗	nicht zulässig, weil zwei ○○ nebeneinanderstehen und am Anfang und am Ende verschiedene Symbole stehen
⊗	△	○	⊗	nicht zulässig, weil es mit ⊗ anfängt

Datum: ______________________

Finde mit einem Baumdiagramm heraus, wie viele verschiedene Kennzeichen die gewünschten Eigenschaften haben.

A2

Alle Lösungen mit Baumdiagrammen finden

Erfindet eigene Zeichen wie in Rätsel 20. Bestimmt dann, wie viele Zeichen in einem Kennzeichen stehen dürfen. Überlegt euch danach Einschränkungen. Zum Beispiel könnt ihr festlegen, welche Zeichen nicht nebeneinanderstehen oder welche Zeichen nicht mehrfach vorkommen dürfen. Versucht anschließend mit einem Baumdiagramm, alle möglichen Kennzeichen aufzulisten.

Lösungen vergleichen und die beste auswählen

R21 Bienenhäuschen platzieren → KV 42

Obstbäume brauchen für die Befruchtung Bienen. Bienen können nur für kurze Zeit ihr Bienenhäuschen verlassen. Bäume, die zu weit entfernt sind, können sie deshalb nicht erreichen. In der Abbildung siehst du, welche Felder die Bienen besuchen können. Alle Bäume, die auf den gelben Feldern um das Bienenhäuschen stehen, werden von den Bienen bestäubt.

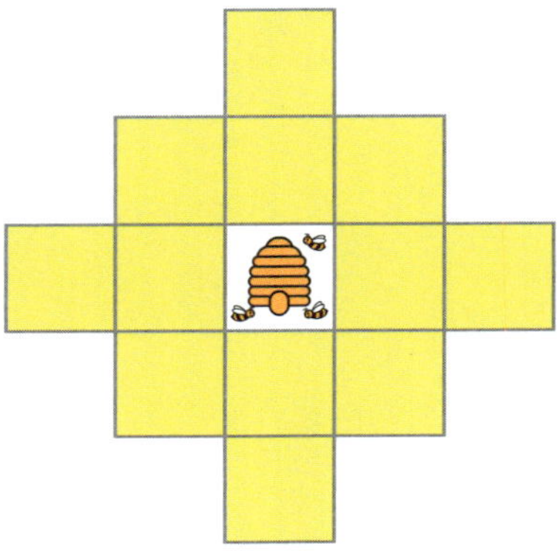

Wo musst du Bienenhäuschen in diesen zwei Obstgärten platzieren, damit die Bienen jeden Obstbaum besuchen können?
Beachte:
Die Bienenhäuschen kannst du nur auf Felder stellen, auf denen kein Baum steht.
Probiere zuerst mit der ***KV 42*** aus.

A Wie viele Bienenhäuschen reichen aus? ____________________

Wo müssen die Bienenhäuschen stehen? Markiere die Felder.

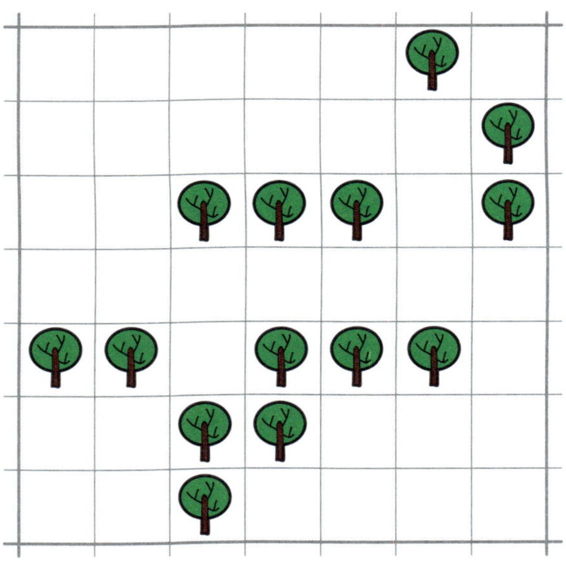

Datum: ______________________

B Wie viele Bienenhäuser reichen in diesem Garten aus? ______________________

Wo müssen die Bienenhäuschen stehen? Markiere die Felder.

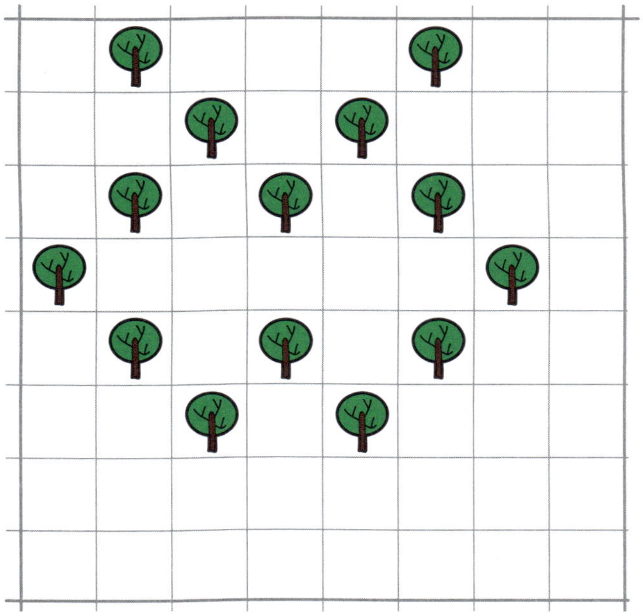

Datum: ______________________

R22 So viel wie möglich laden → KV 43

Joseph transportiert mit seinem Kanu Rindenpakete in die Biberburg.
Er darf nur einmal fahren und er kann höchstens 20 kg Rinde in sein Kanu laden.
Welche Pakete wird er jeweils laden, um so viel Rinde wie möglich zu transportieren?
Markiere farbig und schreibe auf.

A 10 kg | 6 kg | 6 kg | 5 kg | 4 kg | 2 kg | 2 kg

____

B 7 kg | 7 kg | 7 kg | 5 kg | 4 kg | 4 kg | 2 kg

____

C 6 kg | 6 kg | 5 kg | 5 kg | 5 kg | 3 kg

____

D 10 kg | 7 kg | 5 kg | 2 kg | 2 kg

____

R23 Die Anzahl Fahrten minimieren → KV 43

Nun möchte Joseph alle Pakete mit möglichst wenigen Fahrten transportieren.
Auf einmal kann er höchstens 20 kg in das Kanu laden.

Wie oft muss er mit dem Kanu hin und her paddeln, um alle Rindenpakete vom Flussufer bis zur Biberburg zu transportieren? ______________
Notiere zwei Möglichkeiten, wie er die Ladung zusammenstellen kann.

10 kg	7 kg	7 kg	6 kg	3 kg	3 kg	2 kg	2 kg

erste Lösung: 10 kg ______________

zweite Lösung: ______________

R24 Den Transportaufwand minimieren → KV 43

Diese Rindenpakete sind zum Wassertransport vorbereitet.
Die Biberinnen Antonia, Barbara, Cecilia und Diana transportieren die Pakete in Körbchen, die sie beim Schwimmen auf dem Rücken tragen.
Jede kann in einem Körbchen Pakete mit einem Gesamtgewicht von 7 kg aufnehmen.

5 kg	4 kg	3 kg	3 kg	2 kg	2 kg	2 kg

Die Biberinnen wollen alle Pakete gleichzeitig transportieren.
Wie viele der vier Biberinnen müssen sich am Transport beteiligen?

____

Wie können sie die Rindenpakete aufteilen?

Korb 1: ______________

Korb 2: ______________

Korb 3: ______________

Korb 4: ______________

Datum: ______

R25 Kranbeladungen optimieren → KV 44

Ein Schiff wird mit einem Kran beladen. Er kann auf einmal höchstens 500 kg heben.
Wie viele Male muss der Kran hochgefahren werden, um diese Waren zu laden?
Versuche mit so wenigen Ladungen wie möglich auszukommen.
Stelle die Ladungen zusammen. Markiere jede Ladung mit einer eigenen Farbe.
Kontrolliere dann mit Rechnungen.

A 250 kg | 250 kg | 200 kg | 200 kg | 140 kg | 120 kg | 120 kg | 60 kg | 60 kg | 50 kg | 50 kg

______

______

B 400 kg | 400 kg | 200 kg | 250 kg | 200 kg

______

______

R26 Beobachtungstürme planen → KV 45

Die jungen Biber rasen oft zu schnell über die Wasserkanäle. Es gibt immer wieder Unfälle. Bürgermeisterin Sara will deshalb an den Kreuzungen oder Biegungen der Wasserwege Beobachtungstürme bauen.

Datum: ______________________

In der Abbildung sind diese Kreuzungen mit den Großbuchstaben A, B, C, D, E, F, G, H und I bezeichnet. Auf allen Kreuzungen befindet sich eine Insel, auf der ein Turm gebaut werden kann. Von einem Turm aus können alle von der Kreuzung ausgehenden Kanäle bis zur nächsten Kreuzung überwacht werden.

A Biber Lukas schlägt vor, fünf Beobachtungstürme an den Kreuzungen und Biegungen B, C, E, D und F zu bauen.
Ist der Lösungsvorschlag von Lukas zulässig?
Sind alle Kanäle unter Kontrolle?

☐ ja ☐ nein

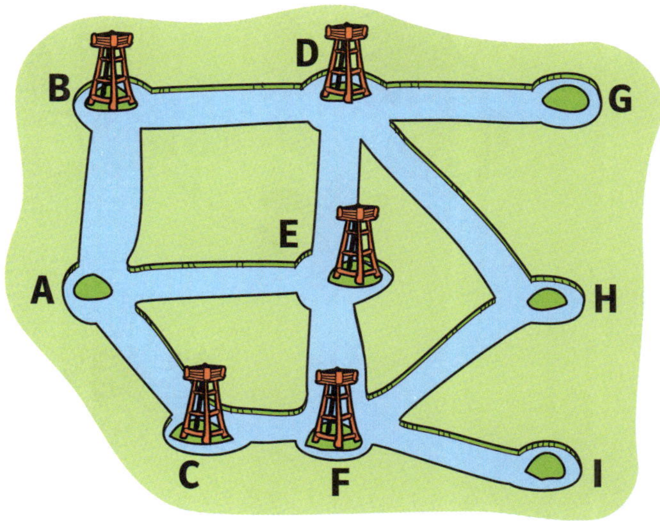

B Biber Schlaumeier meint, dass es mit vier Überwachungstürmen in B, C, E und H geht.
Ist das ein guter Vorschlag?
Zeichne für jeden Turm mit einer anderen Farbe die Kanäle ein, die von diesem Turm aus unter Beobachtung stehen.

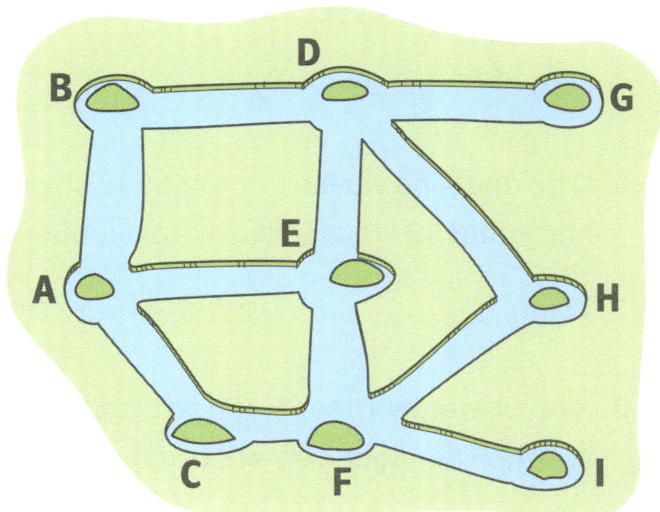

C Welches ist die kleinste Anzahl von Türmen, mit der du es schaffst, alle Kanäle zu beobachten? Schreibe die Kreuzungen auf.

____

R27 Pilze sammeln → KV 46

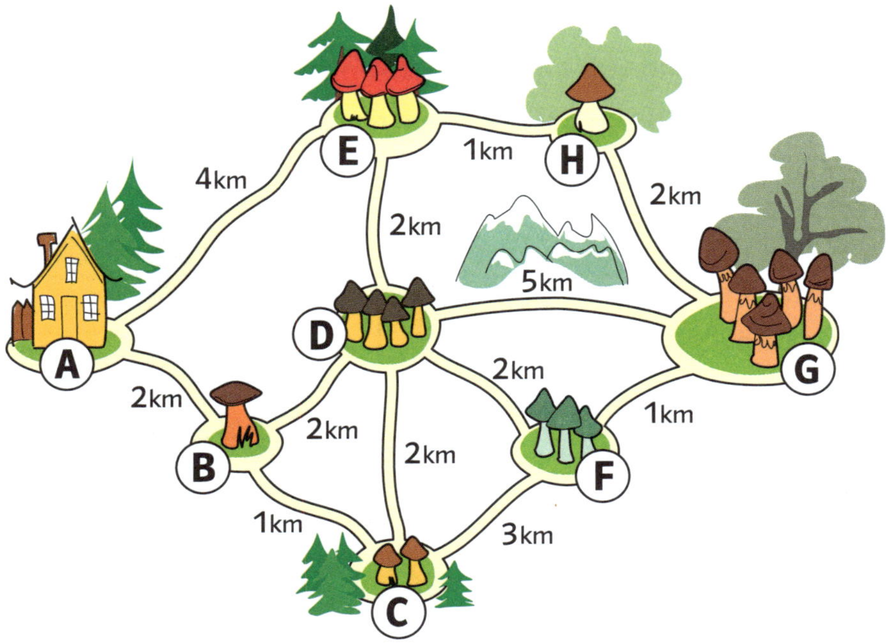

Otso und Aino wollen Pilze sammeln gehen. Sie haben aber nicht die Zeit, alle Fundplätze zu besuchen. Sie starten und beenden ihre Rundgänge immer im Häuschen (Position A). Wenn sie zum Beispiel den Rundweg A, B, D, E, A wählen, wandern sie 2 + 2 + 2 + 4 = 10 km und sammeln 1 + 4 + 3 = 8 Pilze.

Löse die folgenden Aufgaben.

A Otso und Aino wollen höchstens 12 km wandern. Finde einen Rundweg von höchstens 12 km, auf dem sie die größtmögliche Anzahl von Pilzen sammeln können.

Weg: ____________________ gesammelte Pilze: ____________________

B Aino überredet Otso, 14 km zu wandern, um mehr Pilze sammeln zu können. Welchen Rundgang empfiehlst du den beiden?

Weg: ____________________ gesammelte Pilze: ____________________

C Aino und Otso wollen mindestens sieben Pilze nach Hause bringen. Welches ist der kürzeste Rundgang, auf dem sie mindestens sieben Pilze finden?

Weg: ____________________ gesammelte Pilze: ____________________

D Vergleiche deine Lösungen für alle drei Rätsel mit den Lösungen, die andere gefunden haben. Bestimmt gemeinsam die besten Lösungen.

Datum: ______________________

R28 Ein Netzwerk von Brücken entwerfen → KV 8, 47

Die Biber wollen in dieser Wasserlandschaft neue Brücken bauen. Sie möchten, dass viele Touristinnen und Touristen alle Landschaften von jedem Startpunkt aus besuchen können. Die Brücken bauen sie so, dass man von jedem Ort aus, das heißt von den beiden Ufern A und B und den Inseln C, D, E, F, G und H, zu Fuss alle anderen Orte erreichen kann.

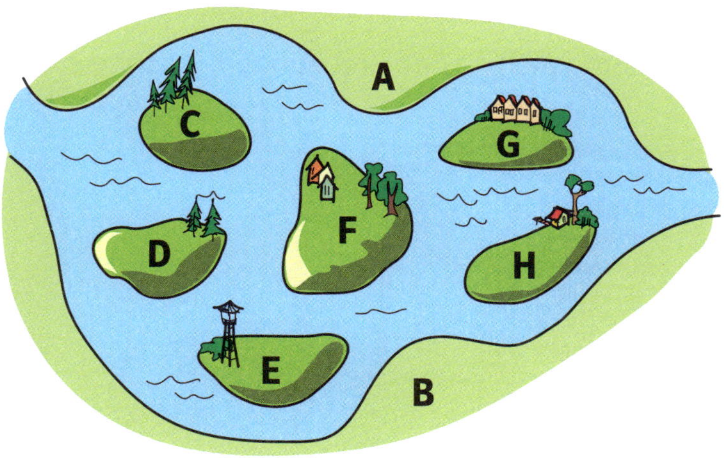

Probiere zuerst mit der ***KV 47*** aus. Auf der ***KV 8*** findest du Brücken zum Ausschneiden.

A Schlage eine Lösung vor, bei der so wenige Brücken wie möglich gebaut werden müssen. Alle Orte sollen von allen Orten aus zu Fuss erreichbar sein. Wie viele Brücken reichen aus? Zeichne im Bild oben ein.

B Die Biberbürgermeisterin ist mit der Lösung nicht zufrieden. Sie will keine kritischen Brücken. Eine Brücke ist kritisch, wenn ihr Ausfall einen Teil der Landschaft von einem anderen Teil abschneidet.
Finde eine Lösung ohne eine kritische Brücke. Versuche dabei, so wenige Brücken wie möglich zu bauen. Ergänze oben im Bild.

A3 Unterschiedliche optimale Lösungen finden

Vergleicht eure Lösungen der Aufgaben A und B von Rätsel 28.

- Gibt es mehrere optimale Lösungen mit der gleichen Anzahl, aber anders gelegten Brücken?
- Haben diese Lösungen gemeinsame Eigenschaften?
- Nennt die gemeinsamen Eigenschaften.

Erfindet zusammen weitere Flusslandschaften mit noch mehr Inseln und löst die Aufgaben A und B von Rätsel 28.

Datum: ______________________

R29 WLAN-Stationen planen
→ KV 48–49

In einem Dorf sollen öffentliche WLAN-Stationen gebaut werden. Die Stationen werden auf den Kreuzungen platziert.
Wenn auf einer Kreuzung keine WLAN-Station steht, muss mindestens auf einer benachbarten Kreuzung eine Station stehen, damit alle Internetzugang haben.

A Versuche den Internetzugang für alle zu garantieren. Platziere bei deinen Lösungen so wenige WLAN-Stationen wie möglich an den Kreuzungen. Zeichne ein.

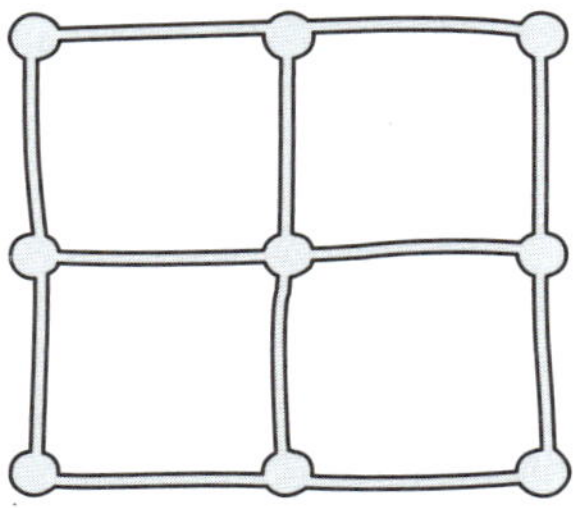

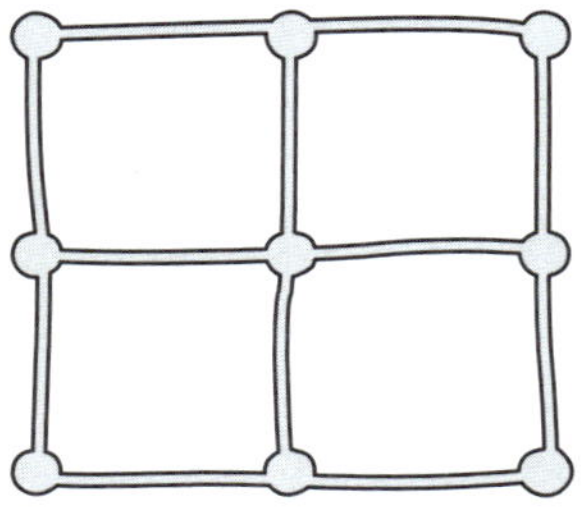

B Zeichne im Bild unten die benötigten WLAN-Stationen ein.
Wie viele WLAN-Stationen hast du platziert? ______________________

Vergleiche deine Lösungen mit anderen.

A4 Ein Dorf zeichnen und WLAN-Stationen verteilen

Zeichnet gemeinsam ein Dorf mit Straßen und Kreuzungen.
Überlegt danach, wie ihr das Dorf mit möglichst wenig WLAN-Stationen ausreichend versorgen könnt.

Datum: ____________________

R30 Die größte Clique finden

→ KV 50

Wenn die Namen von zwei Kindern mit einer Linie verbunden sind, dann kennen sich die Kinder. In der Abbildung ist dargestellt, welche Kinder sich kennen:

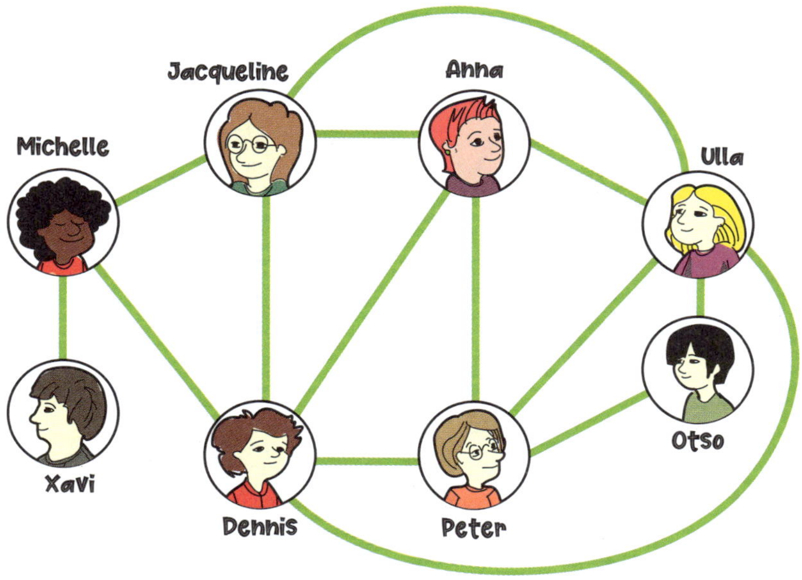

Eine Clique besteht aus Kindern, die sich alle kennen. Die Größe einer Clique ist die Anzahl Kinder der Clique. Finde die größte Clique in der Kindergruppe im Graphen.

Die größte Clique besteht aus ________ Kindern.

Es sind ____.

Den Computer steuern

Datum: ______________

Programmieren bedeutet, mit der Technik von Computern, Robotern, Tablets oder anderen Maschinen zu kommunizieren.
Die Kommunikation muss in einer Sprache stattfinden, die die Technik versteht.
Solche Sprachen nennt man **Programmiersprachen**.

Das Ziel des Programmierens ist, einem Computer oder einem Roboter eine Tätigkeit so gut zu erklären, dass der Computer (Roboter) die Tätigkeit selbstständig ausüben kann. Die Beschreibung einer Tätigkeit nennen wir **Programm**.

In diesem Kapitel wirst du Programme entwickeln, mit denen du die Bewegungen einer Schildkröte auf dem Bildschirm steuern und Bilder zeichnen kannst.

Die Programmierumgebung 2 kennenlernen

Wir arbeiten mit der Programmierumgebung 2 von XLogoOnline für die 3. und 4. Klasse. So kommst du dort hin: Gib unter **www.klett.de** diesen Code ein **5qm2v6** oder scanne diesen QR-Code.

Du landest auf der Seite: „XLogoOnline“. Klicke auf die Programmierumgebung 2 für die Klassenstufe 3 und 4. Gehe auf die Schaltfläche „Menü“. Dort findest du ein **Tutorial**. Es erklärt dir das Programm. Schau es dir genau an und probiere aus.

Wenn du dir das Tutorial angesehen hast, beantworte die folgenden Fragen.

○ **A** Was bedeuten diese Symbole?

 ____

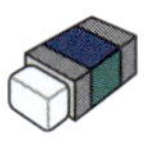 ____

○ **B** Die Schildkröte soll 200 Schritte rückwärtsgehen. Welchen Befehl musst du verwenden? Kreuze an.

☐ 

☐ 

☐ 

○ **C** Du möchtest, dass die Schildkröte sich nach rechts dreht. Welchen Befehl musst du verwenden? Kreuze an.

☐  ☐  ☐ 

◒ **D** Wie sieht der Aktionsknopf aus? Zeichne.

◒ **E** Was passiert, wenn du auf den Aktionsknopf drückst?

____

____

Farbige Bilder zeichnen

A1 Befehle ausprobieren

- Probiere alle vorgestellten Befehle einzeln aus.
- Setze unterschiedliche Zahlen für die Schrittlänge der Schildkröte ein. Verwende verschiedene Farbstifte für die Spur der Schildkröte.
- Stelle fest, wie weit die Schildkröte höchstens gehen kann, ohne den Bildschirm zu „verlassen“.
- Beobachte, dass die Schildkröte, wenn du den weißen Farbstift wählst, keine Spur hinterlässt.
- Mit der weißen Farbe kannst du die Schildkröte spurlos auf eine neue Position bringen.

R1 Programme ausführen

Überlege zuerst, was diese drei Programme zeichnen.
Zeichne den Weg der Schildkröte auf. Überprüfe danach mit der Schildkröte am Computer, ob du richtig überlegt hast.

A

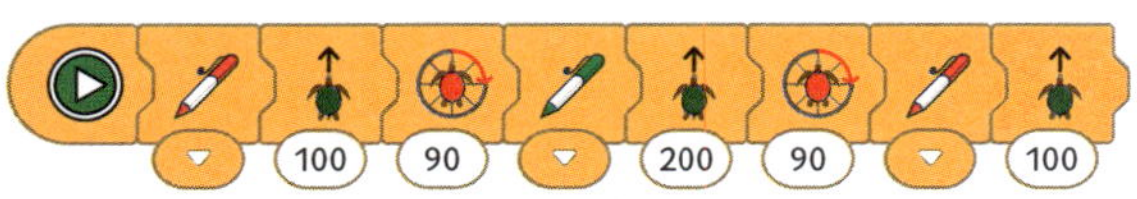

B

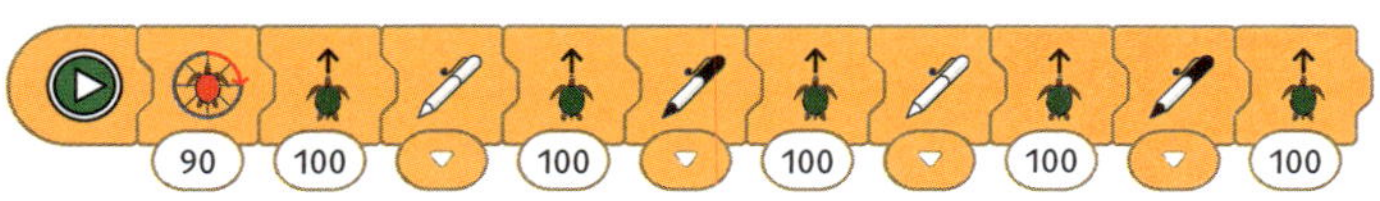

C

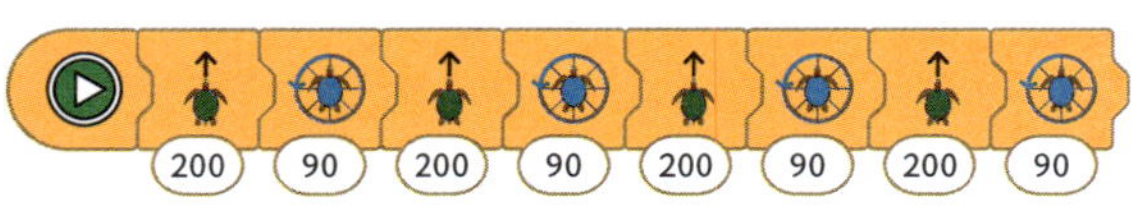

Datum: ____________________

R2 Programme entwickeln

Entwickle Programme zum Zeichnen der Bilder A–H.
Auf jedem Bild siehst du, wo die Schildkröte steht, nachdem sie das Bild fertig gezeichnet hat.

Wie ist dir deine Programmierung gelungen?
Kreuze jeweils den zutreffenden Smiley an.

○ **A**

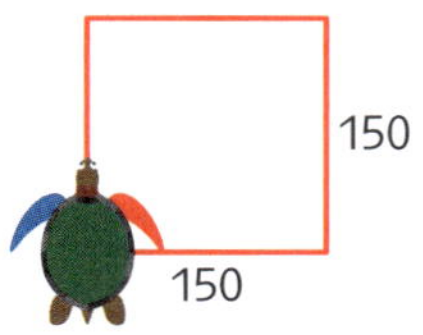

○ **B**

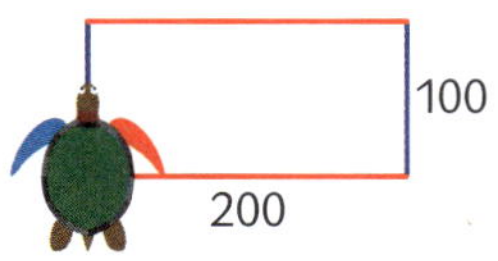

○ **C**

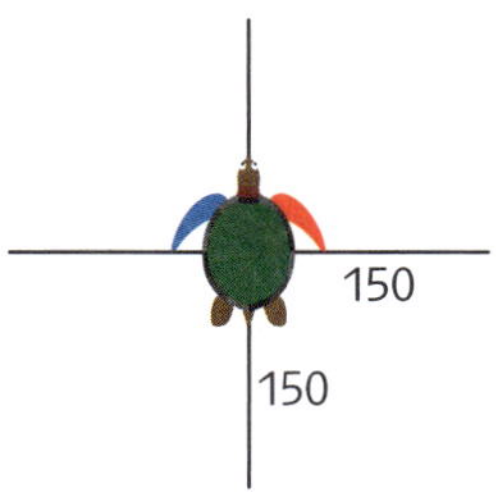

Datum: ______________________

○ **D**

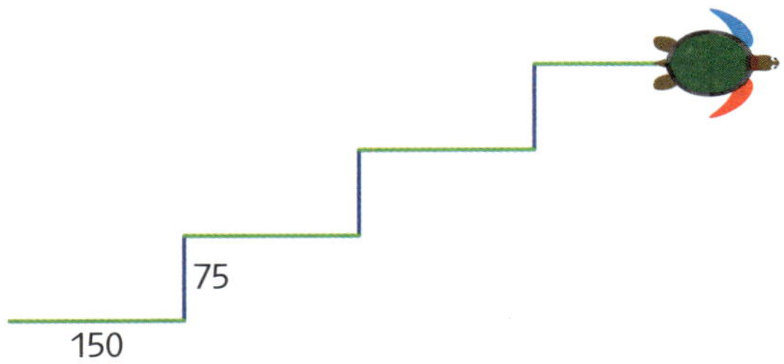

○ **E**

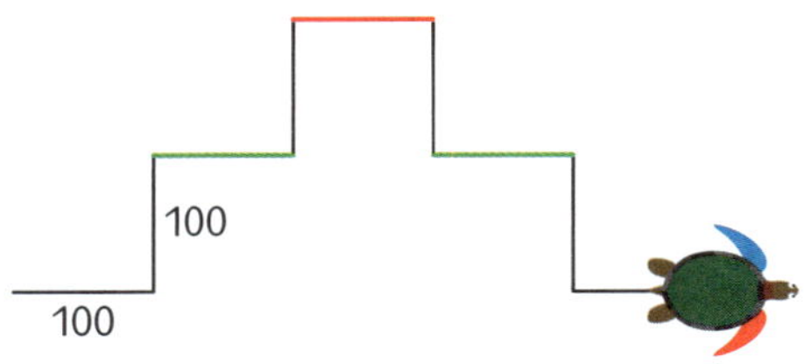

◒ **F**

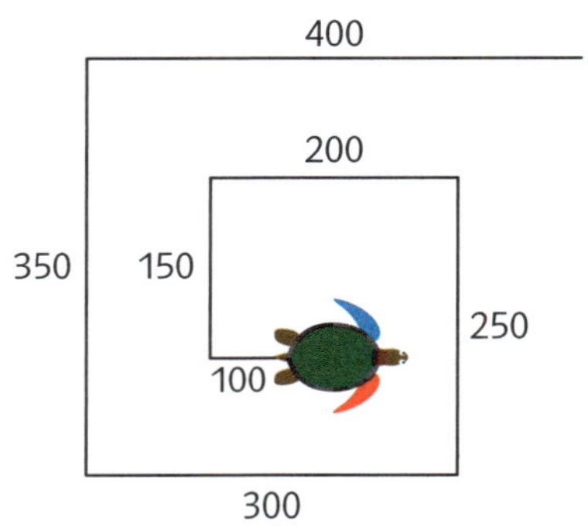

◒ **G**

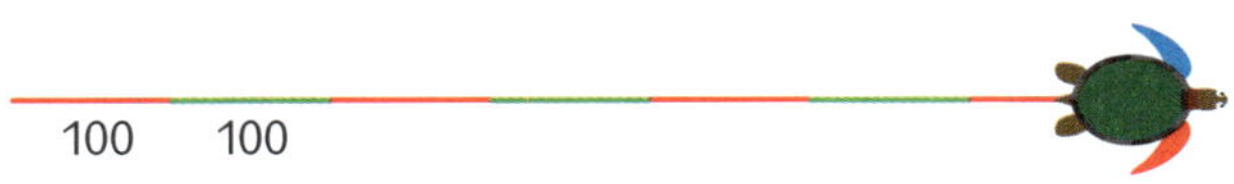

◒ **H**

Datum: ____________________

R3

Rückwärts zeichnen

Schaffst du es, diese Bilder so zu zeichnen, dass sich die Schildkröte dabei nur rückwärts bewegt?

Bei dieser Aufgabe darfst du diesen Befehl **nicht** verwenden:

Wie ist dir deine Programmierung gelungen?

Kreuze jeweils den zutreffenden Smiley an.

A

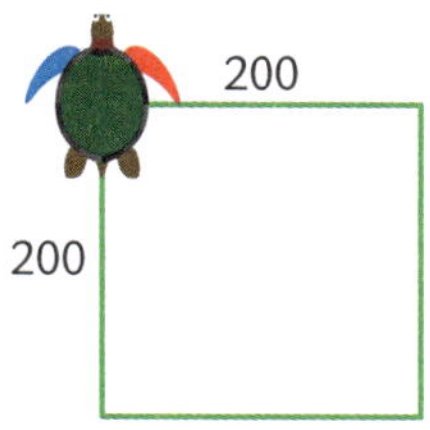

B

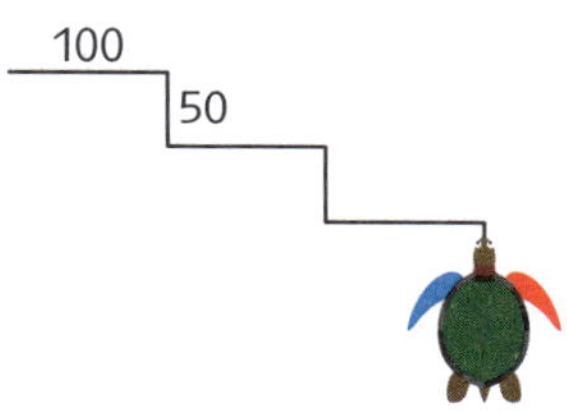

C

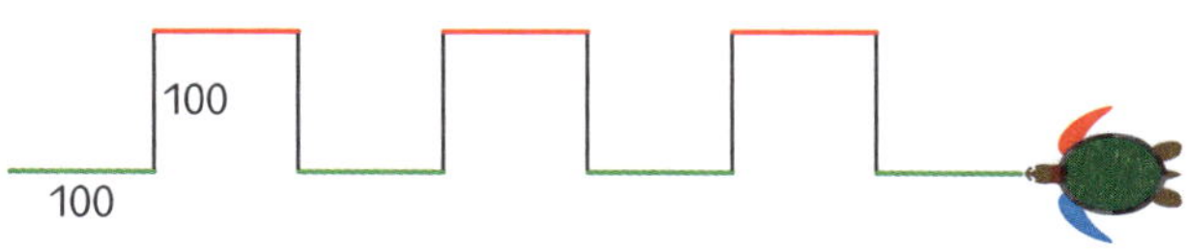

D

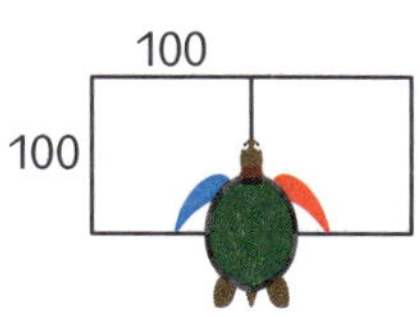

R4 Einen Radiergummi nachahmen

Führe nacheinander diese zwei Programme aus. Zeichne oder beschreibe jeweils, was du siehst.

Programm 1 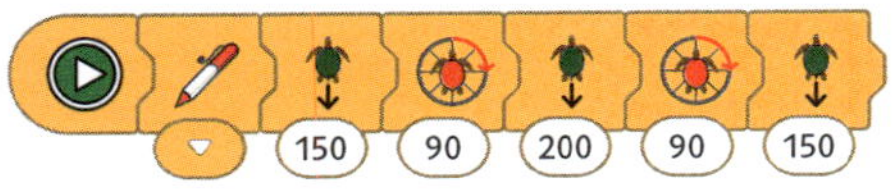

Programm 2 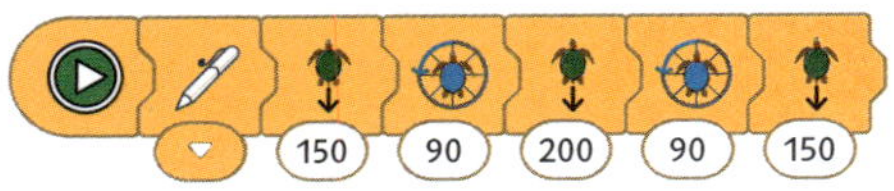

Wenn du mit dem weißen Stift über eine gezeichnete Linie fährst, wird die Linie weiß und darum auf der weißen Oberfläche unsichtbar. Es ist, als ob du die Linie ausradiert hättest.

Programmiere die Schildkröte so, dass sie die Bilder A–D zeichnet und danach wieder ausradiert. Wie gut ist dir das gelungen? Kreuze jeweils den zutreffenden Smiley an.

A 

B 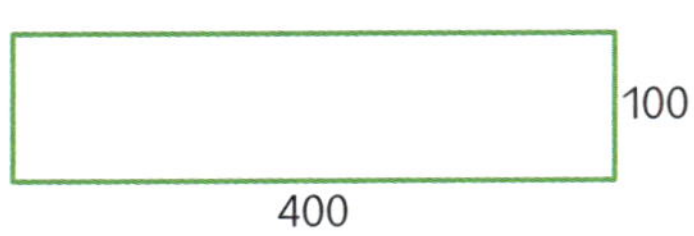

C 

D 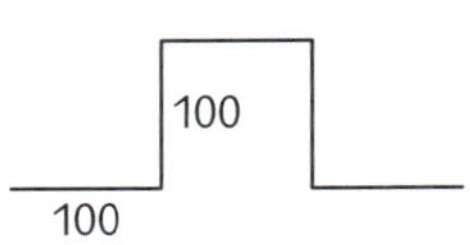

Datum: ______________________

A2 Winkel und Grade bestimmen → KV 51

In dieser Aktivität üben wir, wie man in der Programmierumgebung verschiedene Drehwinkel einstellen kann. Dazu arbeitet ihr mit dem Drehbefehl.

Wenn du auf die Zahl 90 klickst, siehst du eine Uhr. Du kannst den roten Uhrzeiger verschieben, dabei verändert sich die Zahl im weißen Feld.

Diese Zahl gibt die Winkelgröße in Grad an.

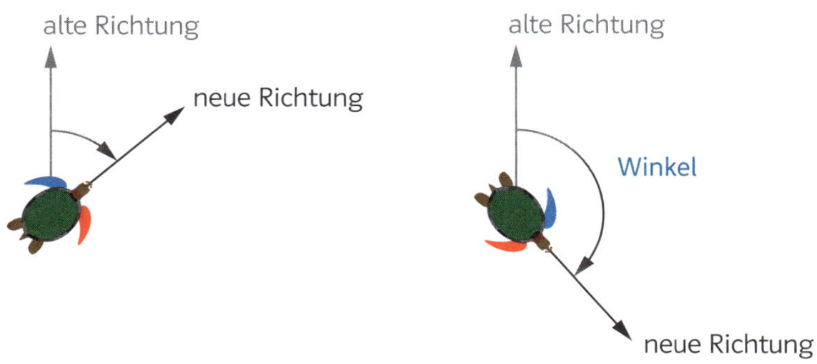

A Teilt die Uhr (den Kreis) in 2, 3, 4, 5, 6, 8, 10 und 12 gleich große Stücke und lest auf der Uhr ab, wie groß diese Winkel sind. Das ist die Zahl im weißen Feld.

Arbeitet weiter mit der ***KV 51***.
Teilt einen Kreis in 2, 4, 6 und 8 Stücke. Könnt ihr die Stücke ungefähr im Kreis einzeichnen?

B Wir fragen uns: Warum haben die Menschen den Zahlenwert 360 für einen ganzen Kreis gewählt und nicht z. B. 100?
Die Zahl 360 wurde gewählt, weil diese Zahl durch viele Zahlen ohne Rest geteilt werden kann.

Findet heraus, durch welche Zahlen 360 ohne Rest geteilt werden kann.
Zum Beispiel: $360 : 2 = 180$, $360 : 3 = 120$, $360 : 4 = 90$ …

Die Zahl 100 dagegen ist zum Teilen ohne Rest nicht so gut geeignet.
Findet heraus, durch welche Zahlen 360 ohne Rest geteilt werden kann, die jedoch 100 nicht ohne Rest teilen.

R5 Mit unterschiedlich großen Winkeln arbeiten

Wenn du einen Stern mit vier Strahlen zeichnen willst, gehst du so vor:

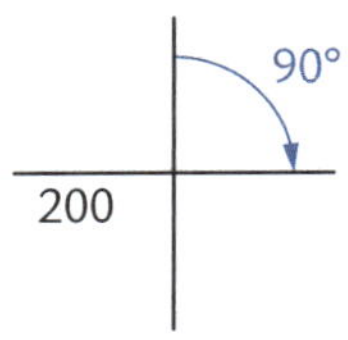

- Die Schildkröte zeichnet mit diesen Befehlen einen Strahl.

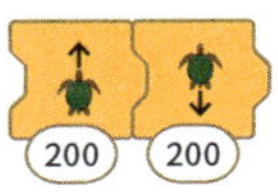

- Sobald die Schildkröte diese Befehle ausgeführt hat, befindet sie sich wieder an ihrer ursprünglichen Position.
- Drehe sie danach um 90° (Viertelkreis) nach rechts und zeichne den zweiten Strahl.
- Danach drehst du sie wieder um 90° und so weiter, bis sich die Schildkröte insgesamt $4 \cdot 90° = 360°$ gedreht hat.

Wenn du einen Stern mit sechs Strahlen zeichnen willst, muss sich die Schildkröte sechsmal gleichmäßig drehen. Nach diesen sechs Teildrehungen schaut die Schildkröte wieder in die gleiche Richtung.

Sie hat sich genau einmal um sich, also um 360°, gedreht.
Somit beträgt eine einzelne Teildrehung 360° : 6 = 60°.

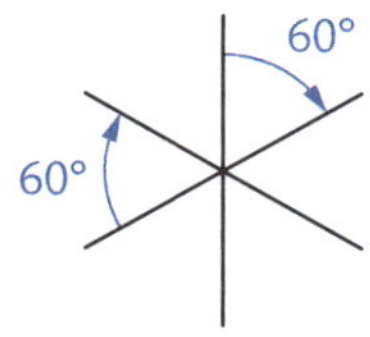

Das Programm für einen Stern mit sechs Strahlen sieht so aus:

Schreibe ein Programm für Sterne mit drei, fünf und acht Strahlen.
Wie gut ist dir das gelungen? Kreuze den jeweiligen Smiley an.

A

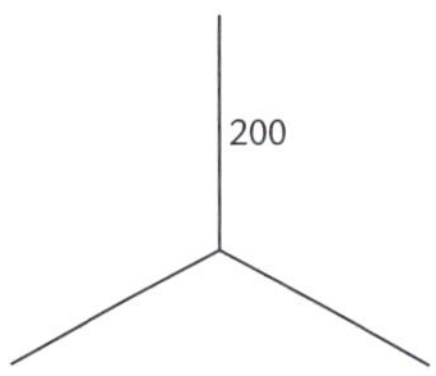

B

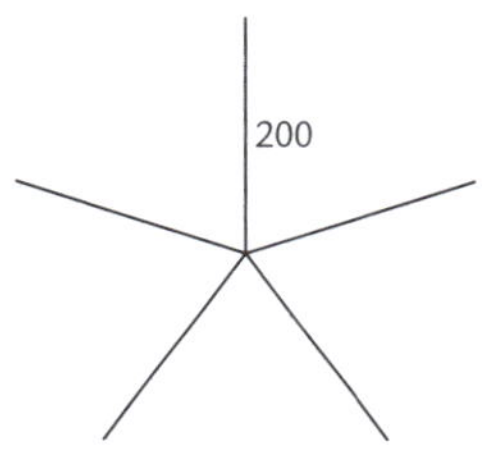

C

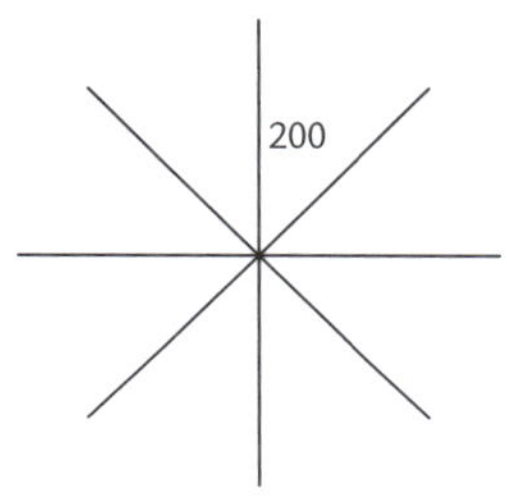

R6 Regelmäßige Vielecke zeichnen

Wenn du ein gleichseitiges Dreieck zeichnest und die Schildkröte danach wieder an ihrer Ausgangsposition steht, hat sie sich insgesamt um 360° gedreht.

Dazu hast du die Schildkröte dreimal gedreht und bei jeder Drehung um gleich viel. Der Drehwinkel der Schildkröte beträgt 360° : 3 = 120°.

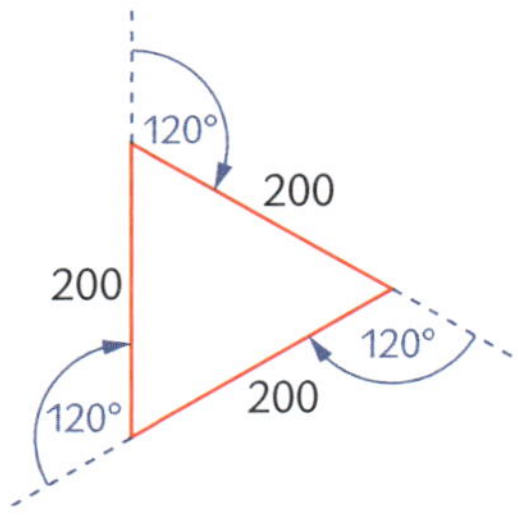

Das Programm für das gleichseitige Dreieck sieht somit so aus:

Führe es aus.

Schaffst du es, ein Programm für ein regelmäßiges Sechseck zu entwickeln?

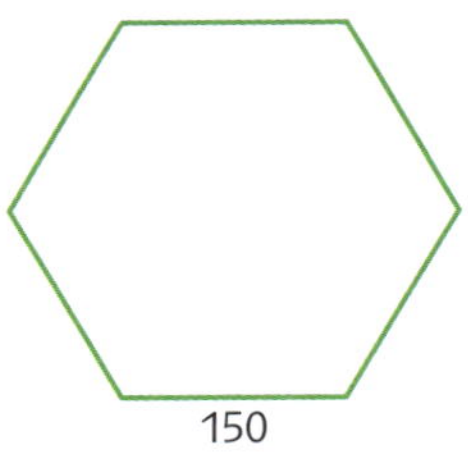

Mit Schleifen arbeiten

R7 Muster in Programmen entdecken

Wenn du ein 100 x 100-Quadrat zeichnen möchtest, sieht das Programm zum Beispiel so aus:

Das Programm besteht aus der vierfachen Wiederholung des gleichen Musters. Das Muster besteht aus zwei Befehlen:

Mit dem **repeat**-Befehl kann das Programm kürzer geschrieben werden:

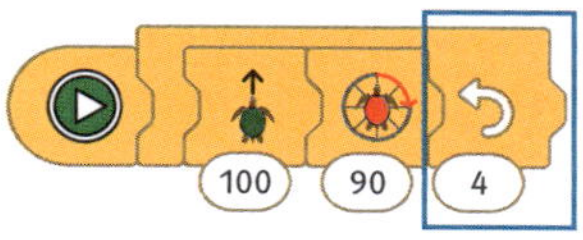

Der Befehl in der **repeat**-Schleife bedeutet:
„Wiederhole viermal das Muster (hier eine Folge von zwei Befehlen)."
Führe beide Programme aus und vergleiche die Wirkung.

Finde in den folgenden Programmen ebenfalls Muster als Befehlsfolgen. Markiere das Muster jeweils und trage ein, wie oft es sich wiederholt.

- Schreibe die Programme mit dem **repeat**-Befehl kürzer.
- Überlege zuerst, was die Programme zeichnen.
- Überprüfe danach, ob deine Vermutungen stimmen, indem du die Programme ausführst.
- Führe anschließend die neu erstellten Programme aus, die du unter Verwendung des **repeat**-Befehls neu und kürzer geschrieben hast.

A

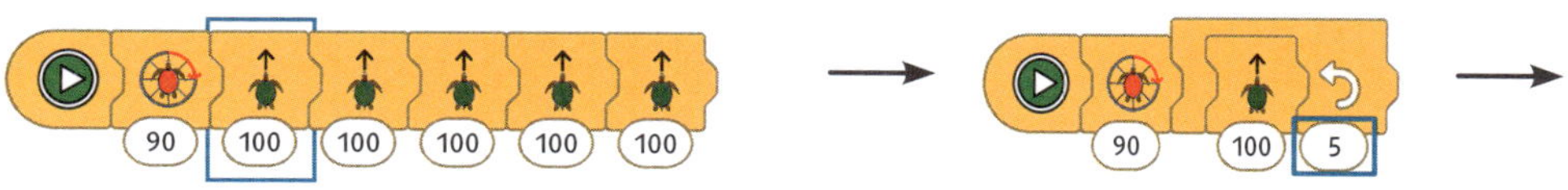

5

B

C

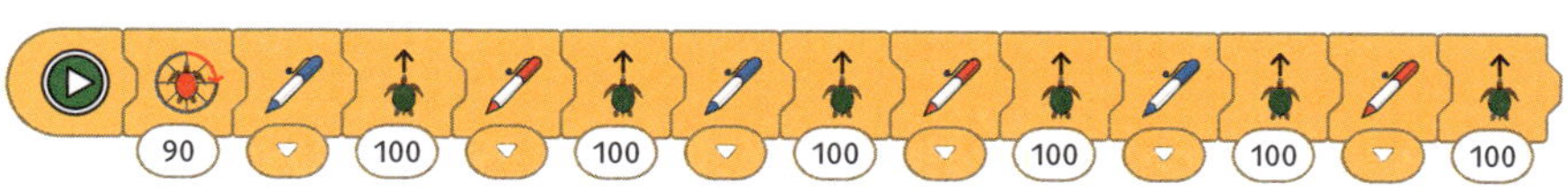

Datum: ______________________

D

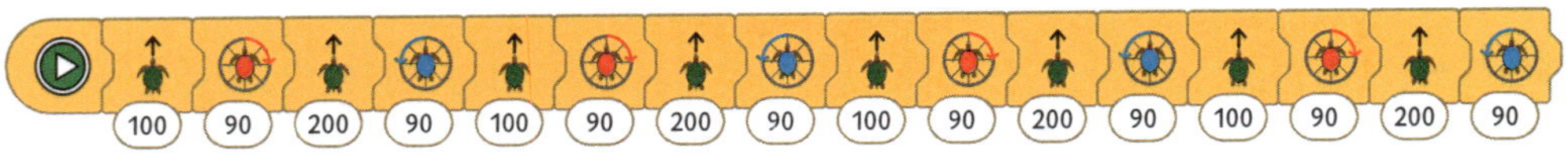

E

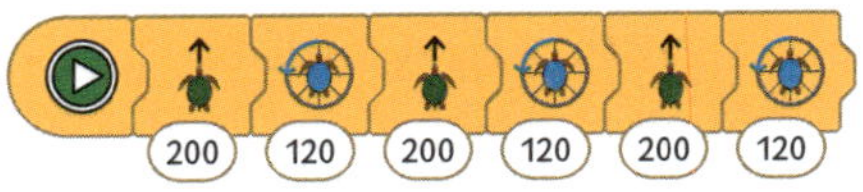

F

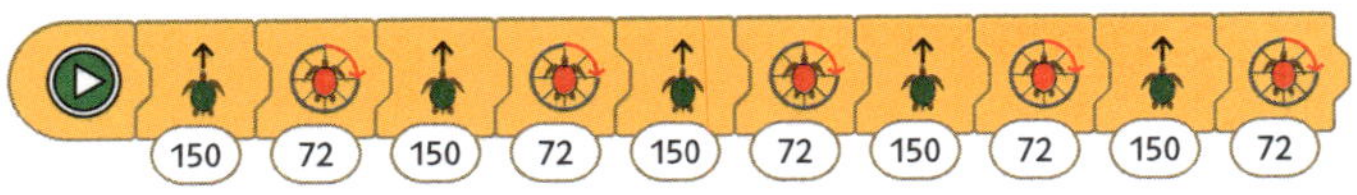

R8 Programme mit Schleifen selbst ausführen

Überlege, was diese Programme zeichnen. Zeichne die Bilder.
Führe das Programm aus und vergleiche mit deiner Zeichnung.

A

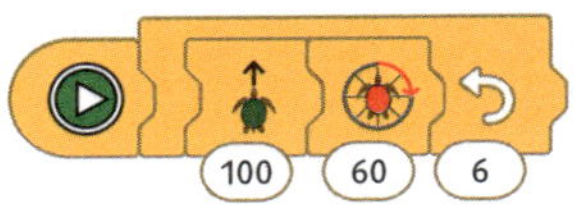

B

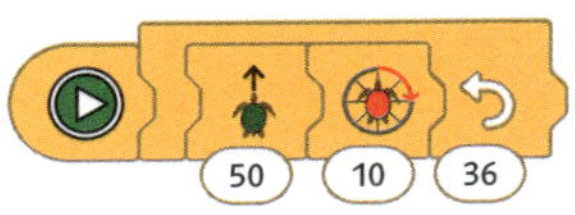

C

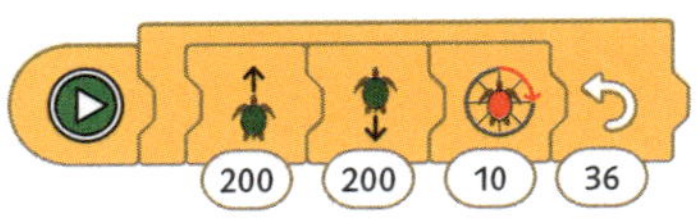

D

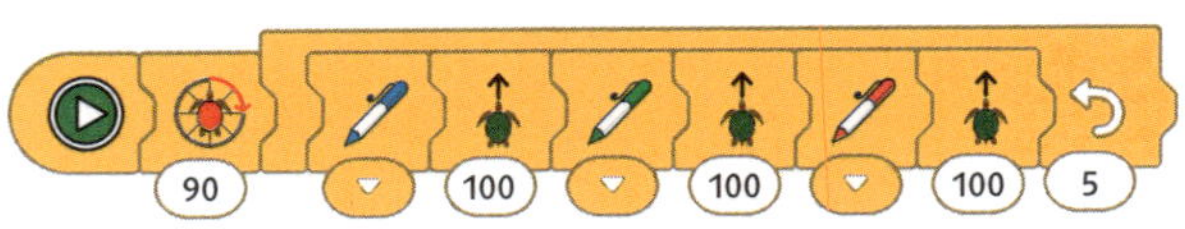

Datum: ____________________

R9 Muster in Bildern erkennen

Jan möchte dieses Bild zeichnen. Er geht schrittweise vor.

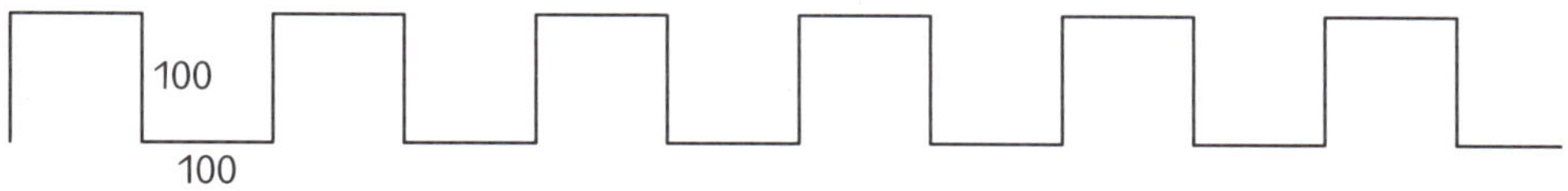

Schritt 1:

Er überlegt sich zuerst, welches Muster er im Bild erkennen kann.
Er entdeckt, dass sich dieses Muster 6-mal wiederholt.

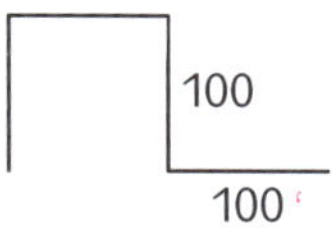

Schritt 2:

Jan entwickelt ein Programm für das Muster und überprüft, ob das Programm richtig funktioniert. Führe das Programm von Jan aus.

Schritt 3:

Um das nächste Muster zu zeichnen, muss Jan die Schildkröte wieder richtig positionieren, das heißt so, wie sie vor dem Zeichnen des nächsten Musters ausgerichtet sein muss.
Programm für die Neupositionierung der Schildkröte:

Schritt 4:

Danach muss Jan die Schleife 6-mal wiederholen. Probiere es aus.

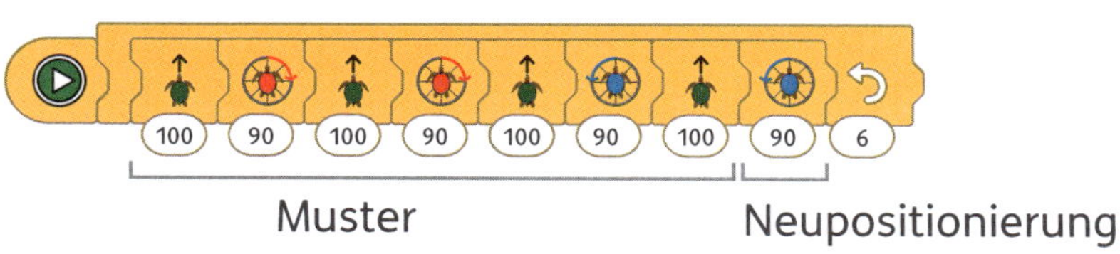

Datum: ______________________

Wende die Strategie von Jan an und programmiere die Schildkröte so, dass die Bilder A–H entstehen. Wie ist dir das gelungen?
Kreuze den entsprechenden Smiley an.

A

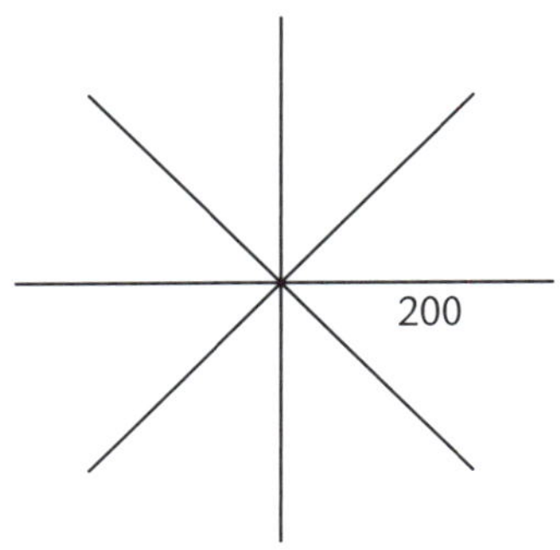

B

C

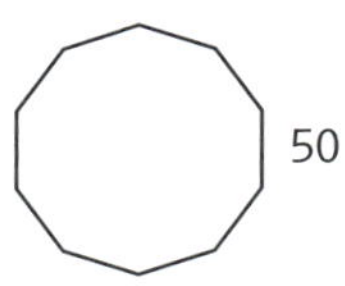

D

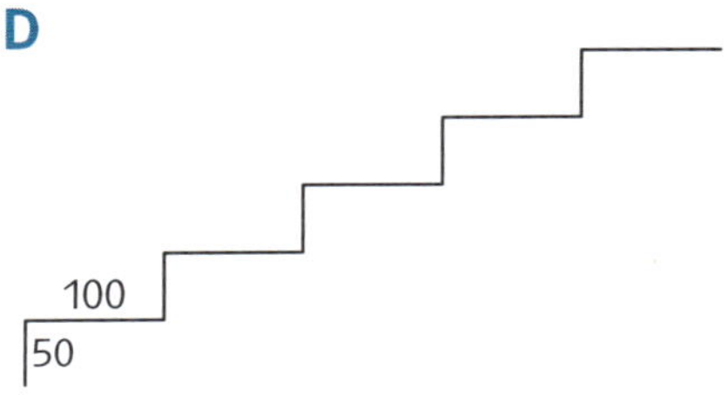

E

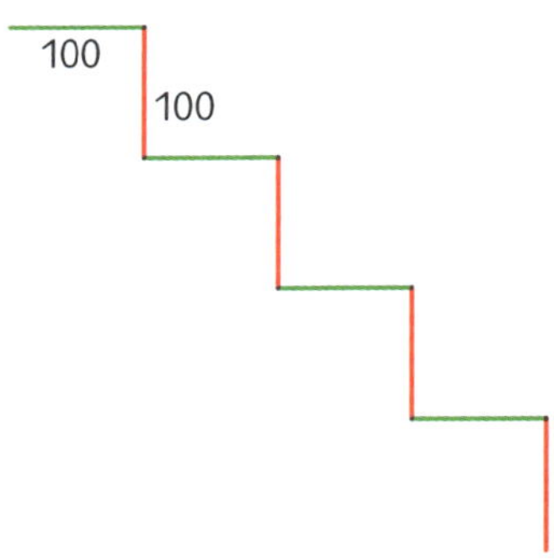

F

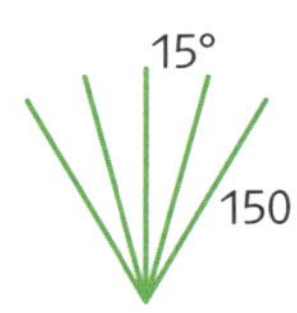

G

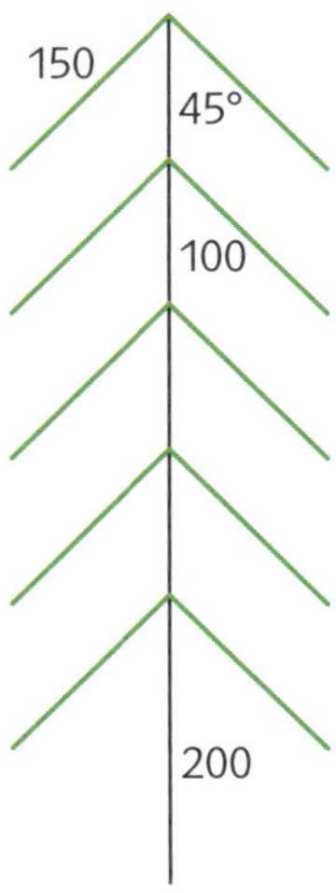

H

R10 Fehler in Programmen suchen

Joseph will eine Tanne zeichnen.
Er hat dazu dieses Programm geschrieben.

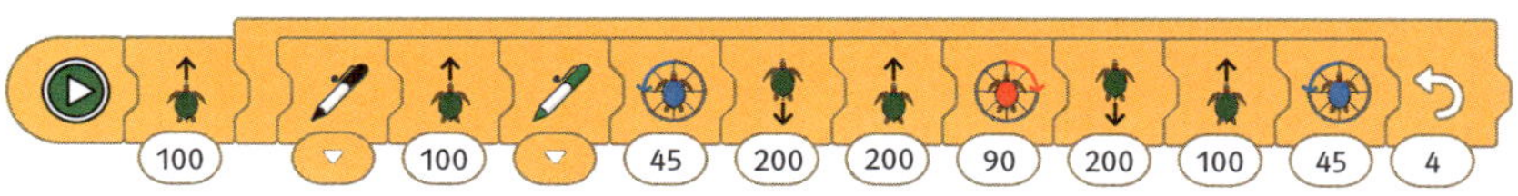

Ups!
Statt einer Tanne steht da plötzlich ein ganzer Wald.
Führe das Programm aus. Findest du den Fehler?
Welcher Befehl müsste korrigiert werden, damit nur eine Tanne gezeichnet wird?
Markiere.

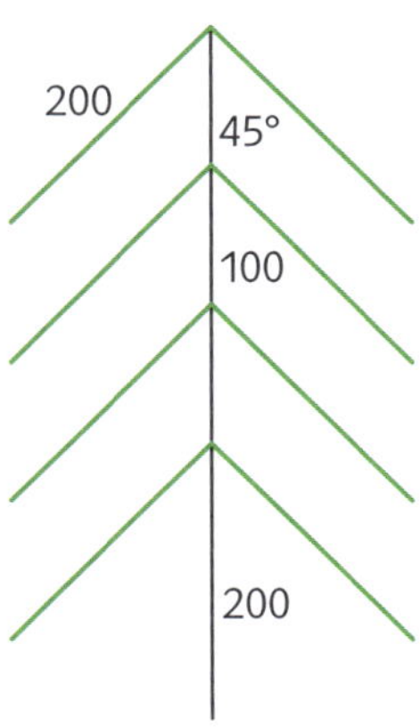

R11 Programme korrigieren und ergänzen

Elisabeth will einen Stern mit 36 Strahlen und der Strahlenlänge 150 zeichnen. Sie schreibt dazu dieses Programm:

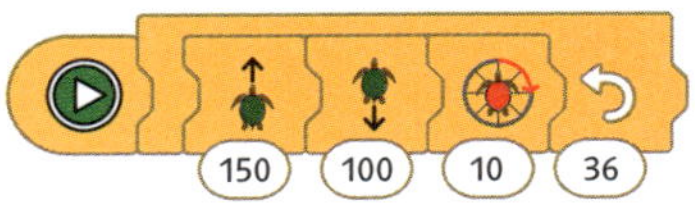

Führe das Programm aus.

Ups!
Was zeichnet das Programm?

A Kannst du das Programm so korrigieren, dass ein Stern mit 36 Strahlen entsteht?

B Joseph will den Stern mit 36 Strahlen so zeichnen, dass die Strahlen abwechselnd grün und blau sind. Kannst du das Programm so umschreiben?

Datum: ____________________

R12 Sonnen unterschiedlich zeichnen

Ulla schreibt dieses Programm, um eine Sonne zu zeichnen.
Führe das Programm aus.

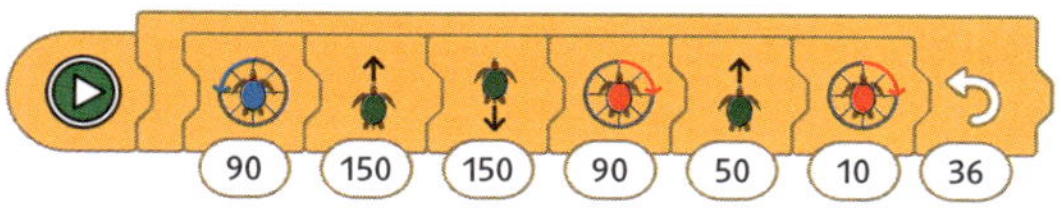

A

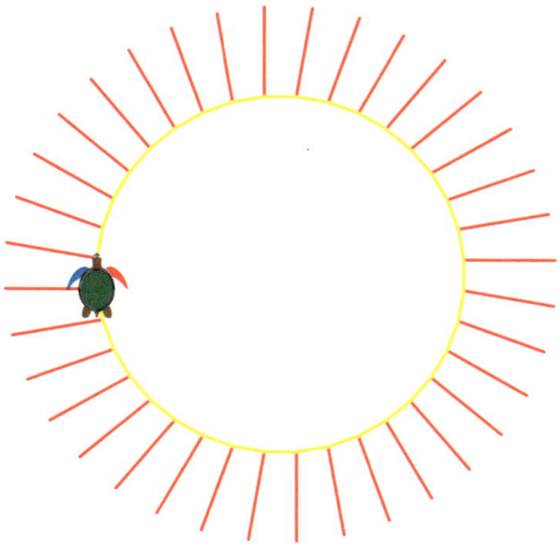

Jacqueline ist begeistert und möchte die Sonne farbig darstellen:
Der Kreis der Sonne soll gelb sein und die Strahlen rot.

Kannst du das Programm von Ulla umschreiben?

B

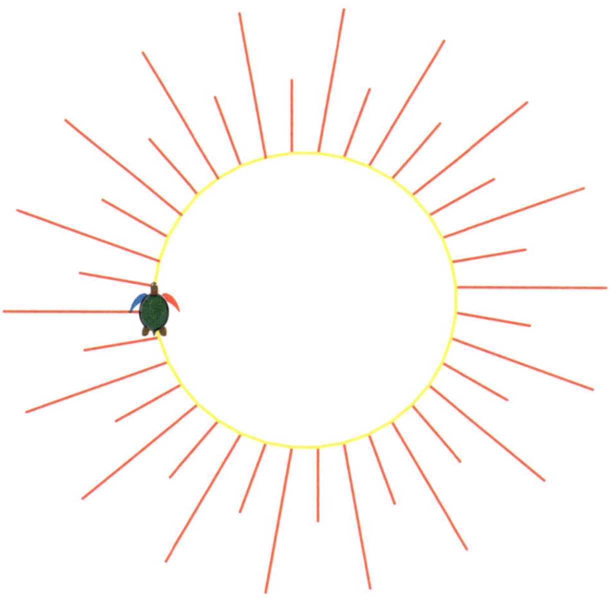

Ulla will die Sonne noch schöner zeichnen.
Jeder zweite Strahl soll doppelt so lang sein.

Schaffst du es, das Programm zu ändern?

Datum: ______________________

R13 Flächen einfärben

Wie zeichnet die Schildkröte?

Die weiße Unterlage ist in Pixel unterteilt.
Das sind ganz kleine Quadrate wie ein Karopapier.
Die Pixel sind so klein, dass du sie nicht sehen kannst.
Wenn die Schildkröte über einen Pixel läuft, malt sie ihn aus.

Dieses Quadrat entsteht, wenn du dieses Programm ausführst:

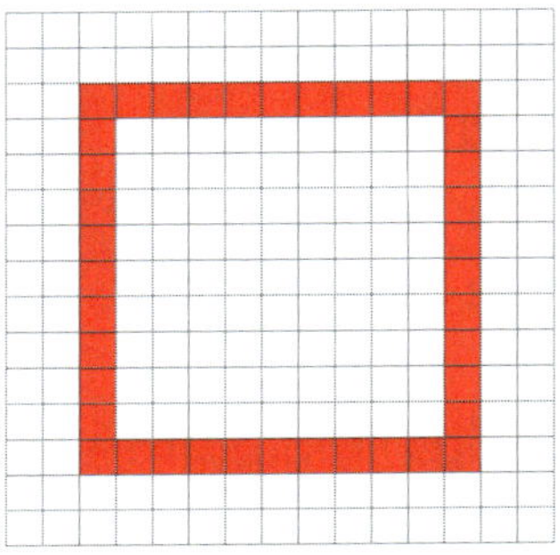

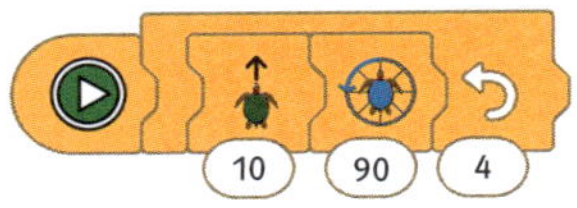

Du kannst Flächen einfärben, indem du Linien dicht nebeneinander zeichnest.
„Dicht“ bedeutet im Abstand von 1 (von einem Pixel).

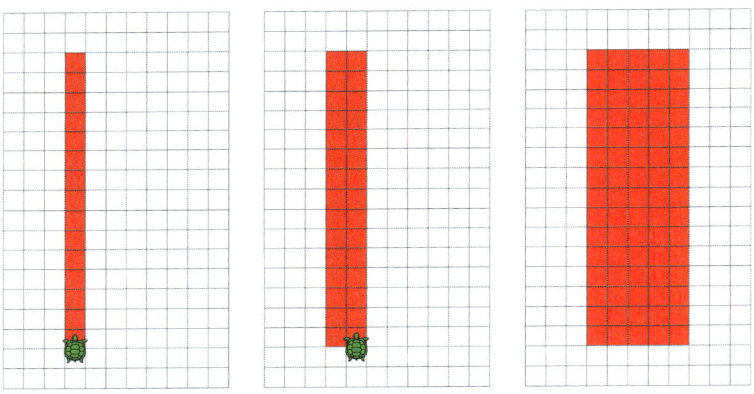

Ein rotes Quadrat der Größe 100 x 100 kannst du mit
diesem Programm zeichnen:

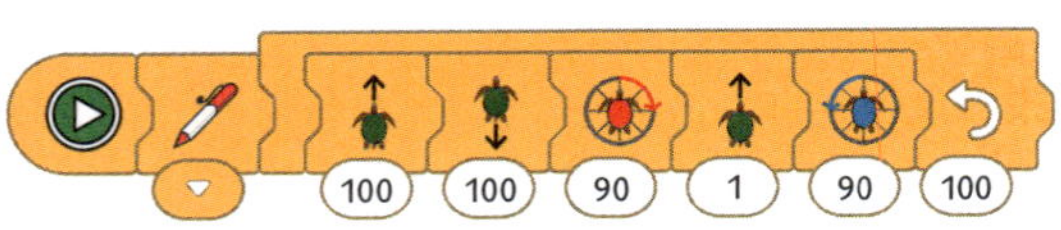

Führe das Programm auf dem Computer aus.

Datum: ______________________

Schaffst du es, Programme für diese farbigen Flächen zu entwickeln?

A

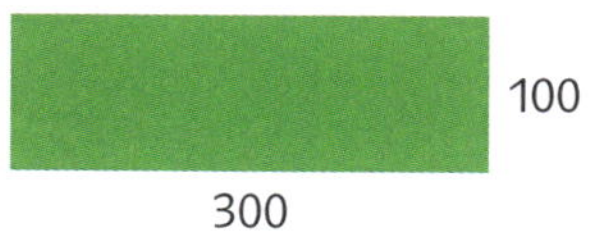

B

C

D

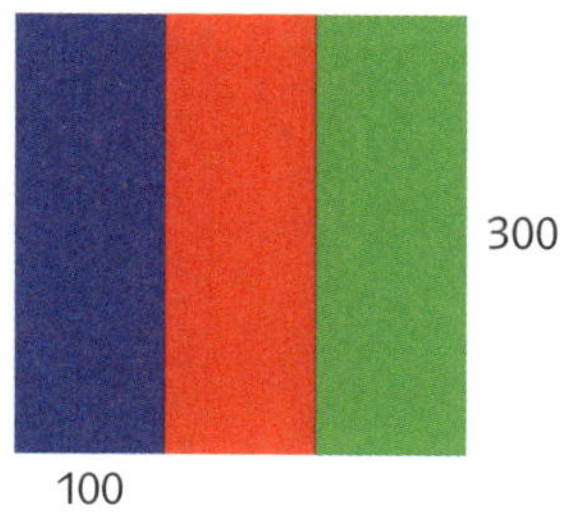

E

F

G

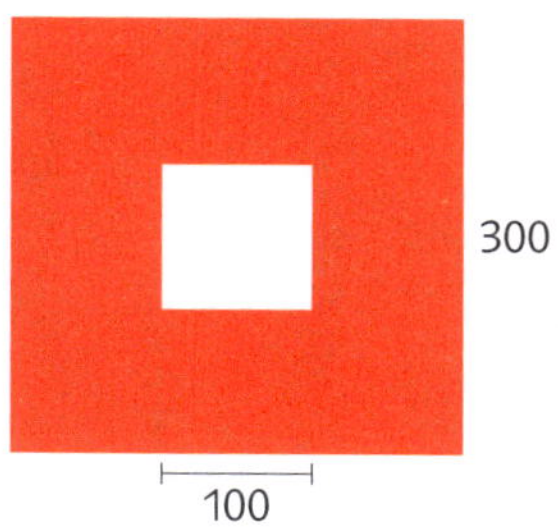

H